ABATTRE LA BÊTE

DU MÊME AUTEUR

Testament de naissance, Écrits des Forges, 2016.

La Bête et sa cage, Stanké, 2016.

La Bête à sa mère, Stanké, 2015.

S'édenter la chienne, Écrits des Forges, 2014.

Premiers Soins, Écrits des Forges, 2012.

« À l'endroit de nos visages », *Lèvres urbaines*, vol. 44, Écrits des Forges, 2012.

Mines à vacarme, Universlam (France), 2012.

DAVID
GOUDREAULT

ABATTRE LA BÊTE

STANKÉ
Une société de Québecor Média

Catalogage avant publication de Bibliothèque et Archives nationales du Québec et Bibliothèque et Archives Canada

Goudreault, David, 1980-
Abattre la bête
ISBN 978-2-7604-1196-8
I. Titre.
PS8613.O825A62 2017 C843'.6 C2016-942055-8
PS9613.O825A62 2017

Édition : Marie-Eve Gélinas
Révision et correction : Marie Pigeon Labrecque, Sabine Cerboni
Couverture et mise en pages : Axel Pérez de León
Photo de l'auteur : Marianne Deschênes photographe

Cet ouvrage est une œuvre de fiction ; toute ressemblance avec des personnes ou des faits réels n'est que pure coïncidence.

Remerciements
Nous remercions le Conseil des Arts du Canada et la Société de développement des entreprises culturelles du Québec (SODEC) du soutien accordé à notre programme de publication.
Gouvernement du Québec – Programme de crédit d'impôt pour l'édition de livres – gestion SODEC.

Financé par le gouvernement du Canada | Canada

Les Éditions internationales Alain Stanké
Groupe Librex inc.
Une société de Québecor Média
La Tourelle
1055, boul. René-Lévesque Est
Bureau 300
Montréal (Québec) H2L 4S5
Tél. : 514 849-5259
Téléc. : 514 849-1388
www.edstanke.com

Dépôt légal – Bibliothèque et Archives nationales du Québec et Bibliothèque et Archives Canada, 2017

ISBN : 978-2-7604-1196-8

Distribution au Canada
Messageries ADP inc.
2315, rue de la Province
Longueuil (Québec) J4G 1G4
Tél. : 450 640-1234
Sans frais : 1 800 771-3022
www.messageries-adp.com

Diffusion hors Canada
Interforum
Immeuble Paryseine
3, allée de la Seine
F-94854 Ivry-sur-Seine Cedex
Tél. : 33 (0)1 49 59 10 10
www.interforum.fr

« L'asile le plus sûr est le sein d'une mère. »

Jean-Pierre Claris de Florian, 1792

À la folie, pas du tout.

Prologue

*

À la fin de ce récit, je vais me tuer. Et puis mourir. C'est ainsi. Toute bonne chose a une fin, mais moi aussi.

Vous ne devriez même pas tenir ces pages. Que vous puissiez me lire relève de la providence, du miracle ésotérique. Vous êtes incapable de concevoir la chance qui est la vôtre. À moins d'avoir la foi. Dieu est partout, et je suis là ; je vous laisse en tirer vos propres conclusions.

En toute humilité, je ne suis qu'un homme, mortel. Mort déjà. Mais de grands destins foulent le sol de cette terre, une race d'hommes qui marque l'histoire et écrit la sienne. Je suis de cette espèce trop grandiose pour s'effondrer, s'écrouler dans la vase de l'insignifiance commune. Comme un conquérant, un génie littéraire ou un graffiti célébrant l'amour d'André et Nicole sur la pierre dynamitée d'une autoroute de l'Outaouais, je laisserai ma trace.

D'autres viendront après moi, qui m'imiteront pour les plus misérables, qui s'inspireront de mon œuvre pour les plus nobles. Mais moi, je n'y serai plus. Voici mes derniers écrits, lisez-les en mémoire de moi.

Tout est fini, l'histoire commence.

1
L'optimisme

*

La folie n'est pas une maladie mentale, c'est une marque d'intelligence. Moi, je suis fou raide. Raide bandé aussi, ça indispose les infirmières. Elles sont trois, assistées d'un grand nègre, à essayer de m'attacher au lit de contention. Je suis tout nu, flambette, graissé à la margarine de la tête aux pieds, et je me débats tel un brochet épileptique dans le fond d'une chaloupe. C'est sportif. Un coup de quéquette par-ci, un coup de tête par-là, et hop, je réussis à mordre le pouce de la petite grosse. Ça crie, ça menace, ça frappe dans tous les sens, l'ambiance est excellente !

Rares sont les occasions de se divertir à l'Institut universitaire de psychiatrie légale Philippe-Pinel. Privé d'alcool, de drogue et de pornographie, faut se rabattre sur la médication et la violence. L'humain est créatif de nature, et je suis très humain. J'ai accumulé mes comprimés de Seroquel de la dernière semaine, je les ai égrenés sur le bord de la fenêtre grillagée de ma cellule. J'ai observé la métropole baigner dans son smog, je me suis promis de la ravager, et j'ai sniffé le trait d'une seule inspiration. *Raaah !* On ne peut lui enlever ça : l'industrie pharmacologique produit d'excellents psychotropes. Je devais agir vite, avant de m'effondrer ou de tomber en psychose toxique. L'interaction avec les calmants qu'ils m'administraient par voie intraveineuse pouvait me réserver de mauvaises surprises.

J'ai fait un peu de chahut dans ma cellule, en guise d'introduction. J'ai demandé à voir la psychoéducatrice, promis que je me calmerais si on me laissait discuter avec elle, plaidé qu'elle seule pouvait m'apaiser. Puis je me suis dénudé et beurré le corps, exalté. C'était excitant, dans le sens érectile du terme. Un dernier coup d'éclat avant mon grand départ.

Coup de talon dans la gueule de l'infirmière rousse même pas érotique, coup de coude dans le ventre du gorille, je reprenais le dessus. *Et pif, bam, poum !* J'aime ajouter un soupçon de bruitage quand je me bats. Et je me déchaînais. *Pâtawk !* J'ai même réussi à attraper la stagiaire par les cheveux. *Je te tiens, grosse charogne !* Rien de personnel.

La spécialiste de la gestion des débordements s'était laissée prendre au piège. Je l'amadouais depuis près d'un an, lui demandant conseil, simulant des crises d'anxiété, valorisant son rôle d'aidante alors qu'au fond elle m'était aussi utile qu'une poêlée de bacon peut l'être à une végétalienne. Ne se doutant de rien, elle a demandé l'accès à ma cellule et emprunté le corridor y menant, avant même d'avoir jeté un œil à l'intérieur de mon enclos. Magnifique erreur. Dès que j'ai entendu coulisser le loquet, j'ai poussé la porte et j'ai bondi bandé devant elle. *Coucou !* Comble de bonheur, elle était accompagnée de sa stagiaire, belle brune grassouillette dotée d'une surabondance mammaire. Et hop, en trois enjambées je plaquais l'étudiante au sol et j'empoignais un de ses seins à deux mains. Pour la taquiner.

C'est cette conne de stagiaire que je tenais par le chignon à présent. Son sourire compatissant avait cédé la place à un rictus haineux. Depuis que je l'avais caressée sur le plancher du corridor, elle ne cessait de beugler. Tantôt pour de l'aide, tantôt pour qu'on m'abatte. Ses hurlements couvraient les miens, mais j'agrippais sa tignasse à deux mains, et je ne lâchais rien. *Allez, les bleus, allez !* Tyson m'a forcé à lâcher prise d'un crochet sur le nez. On me l'a cassé si souvent, je garde espoir qu'un coup bien porté me le replace un jour.

En attendant, j'ai encaissé la charge de cet abruti mal payé qui m'empêchait de fuir la salle d'isolement. En sueur, les infirmières me sanglaient enfin. Je me débattais, mais elles ont réussi à m'attacher les jambes tandis que Kunta Kinte m'assommait d'une combinaison de jabs et de droites. La bande audio de la scène était assurée par la stagiaire, déployant les premiers symptômes d'un état de stress aigu promis à du post-traumatique. *Iiiiih ! Iiiiih !* Sa superviseure tentait de la calmer, lui assurait que ça n'aurait jamais dû arriver, que ce n'était pas de sa faute. Le temps de reprendre mes esprits, les trois salopes en uniforme achevaient de resserrer la lanière de cuir autour de mon bras gauche.

J'aime les contraintes, autant sexuelles que littéraires. Ça favorise la créativité, émoustille l'imaginaire. Mais il faut savoir s'arrêter, respecter sa zone de confort. On ne respectait plus rien, là, les cocottes contractaient les attaches de toutes leurs forces tandis que ma demi-portion de Mohamed Ali continuait de me marteler le visage à coups de jointures. Pour rien d'ailleurs, j'étais saucissonné à la russe. Il allait me le payer un jour ou l'autre, même Ivan serait moins terrible que ma vengeance. *Pôk !* Un dernier crochet sur la tempe. La séance tirait à sa fin, je débandais.

Demontigny, un autre colosse préposé à la sécurité, s'est pointé dans l'embrasure de la porte, essoufflé. *Trop tard, gros con !* Quand même, avec l'intervenante, la stagiaire, les infirmières et la sécurité, j'avais mobilisé sept employés d'un seul coup. Fier fédérateur de la fonction publique, j'aurais bombé le torse s'il n'avait été solidement sanglé au lit.

J'ai vu, avant qu'elle ne referme la porte, la rouquine s'attarder sur mes muscles saillants, luisant d'huile végétale. Malgré le sang qui me coulait sur le visage, je lui ai offert mon plus beau sourire et un clin d'œil. Les femmes sont sensibles au langage non verbal des hommes virils en situation de vulnérabilité. C'est documenté.

Le vacarme des serrures mécaniques a retenti, la lumière s'est éteinte et je me suis retrouvé plongé dans les ténèbres, en moi-même. Coupé du monde.

Tant qu'à être seul, autant être en isolement.

*

À l'instar de la petite Piaf, je ne regrettais rien, non, rien de rien. Ni les semaines de furtivité pour accumuler mes portions de margarine, ni les caresses relativement consenties à la stagiaire, ni l'épique bataille et les multiples contusions l'accompagnant. La fin justifie les moyens, surtout quand on doit prendre les grands. Je n'avais plus rien à perdre, à part une vingtaine de livres ; on est bien gavé à Pinel.

Cette période de confinement allait me permettre de mettre en branle l'opération « Branlette finale ». Je végétais depuis trop longtemps, tous mes sens s'engourdissaient dans leurs corridors aseptisés. Mais ça achevait. J'avais mobilisé toutes mes retailles de lucidité pour fignoler ma fuite. Sur ma langue pâteuse, je goûtais déjà la brioche sucrée de la liberté, mon retour à la vie civile et la première étape de mes retrouvailles avec maman : mon évasion !

Je vais rejoindre ma maman d'un jour à l'autre. Elle ne le sait pas encore, mais elle a de quoi se réjouir. C'est fou comme on va s'aimer, se raconter nos vies en pyjama, en sirotant des chocolats chauds avec plein de guimauves dedans, blottis l'un contre l'autre dans un grand sofa de cuir super cher que je lui aurai offert malgré ses protestations bienveillantes : *Non, mon fils, il ne fallait pas dépenser tant d'argent pour moi, je ne mérite pas tout cet amour et cette loyauté que tu me donnes alors que j'étais une mère absente malgré moi…* Je la réconforterai d'un long baiser sur son front ridé de vieille monoparentale éprouvée et la laisserai poursuivre… *mais maintenant je veux passer chaque minute de ma vie avec toi, mon protecteur dont je suis si fière, car tu es beau et généreux et tellement intelligent. Merci la vie, tu t'es enfin évadé et tu m'as retrouvée pour me donner ta chaleureuse dévotion dont toutes les mères rêvent, partout sur la planète, depuis toujours…* Et je la serrerai contre mon cœur, et elle renversera un peu de chocolat chaud devenu tiède sur mon pyjama et on éclatera de rire ensemble, les yeux pétillants d'épanouissement familial. Comme il est doux de rêver quand le rêve s'apprête à briser la chrysalide de la réalité.

Mais le rêve est un muscle qui s'épuise. Les heures passaient, l'euphorie du Seroquel me quittait peu à peu et je commençais à piquer du nez. Je m'acharnais à fantasmer sur ma vie dehors, mais j'avais mal en dedans. Je suis trop lucide pour me laisser aller longuement à la rêverie. De toutes mes forces, je m'accrochais aux pensées positives, à la force de la volonté, mais mon esprit retournait au tribunal, s'empêtrait dans le ressentiment, s'enfargeait dans les témoins de mon dernier procès. Lubrifiées par toutes mes larmes retenues, la haine et la peine s'accouplaient dans mon âme meurtrie.

⁎

Mon juif d'avocat argumentait pour un procès devant juge et jury avant même que les chefs d'accusation contre moi ne soient formulés. Il m'assurait qu'il fallait plaider l'aliénation mentale, que j'étais le cas idéal. Je ne me laissais pas attendrir par ses compliments et j'hésitais. Des rumeurs circulaient à Donnacona, certains codétenus affirmaient même que Pinel était pire que la prison ; on nous y injectait les barreaux par intraveineuse. Les plus alarmistes allaient jusqu'à dire qu'on était mieux en pénitencier, avec une brute qui nous joue dans le cul, qu'à Pinel avec un psychiatre qui nous joue dans la tête. Provenant des criminels les plus malhonnêtes du pays, ces affirmations étaient-elles fiables ? La face de rat engoncée dans sa toge disait que non. L'expertise de ces détraqués ne valait rien, je serais mieux traité en hôpital psychiatrique qu'au pénitencier, le meurtre de Papillon et ma pseudo-agression sexuelle pourraient être les clés m'ouvrant les portes d'une meilleure qualité de vie. À tout malheur quelque chose est bon. Sans broncher, l'hébraïque me garantissait que les conditions de détention seraient moins sévères, qu'il serait possible d'être libéré plus aisément, que j'aurais accès à une plus grande bibliothèque. Je pourrais conserver des bouquins et des dictionnaires dans ma chambre. *Même des traités d'anatomie ? Même des traités d'anatomie !* Il jouait sur mes cordes sensibles, mais je le suis moins que j'en ai l'air.

Je résistais, un procès devant jury impliquait une plus grande médiatisation de l'affaire. Je craignais que l'on mente à mon sujet, que l'on salisse mon image, que maman tombe sur un journal et croie à leur histoire de viol avec violence. Le meurtre, ça se justifie, mais les viols aggravés suscitent peu d'acceptabilité sociale. Et les salauds de procureurs soutenaient que j'étais un « dangereux pervers », alors que les termes justes seraient plutôt « amoureux éconduit ». Je sentais qu'ils se préparaient à me défoncer dans le box des accusés, qu'ils me saliraient. Juifstein m'assurait que, au contraire, le procès serait l'occasion de me défendre et, argument massue, de revoir Édith. Revoir Édith, il n'en fallait pas plus pour me remettre en selle, brandir mon noble poing de chevalier errant et aller de l'avant. Aucun précipice ne pourrait m'arrêter.

*

La préparation aux audiences s'est révélée insupportable. Mon légiste patenté essayait de me faire dire l'indicible, voulait me mettre des mots dans la bouche. Je l'envoyais promener, mais il revenait à la charge : *Tu dois au moins admettre l'avoir rudoyée, avoir mal interprété certains signes…* Du revers de la main, je lui ai signifié de fermer sa grande gueule. *C'est pas une piste d'atterrissage, l'amour, pas besoin qu'on fasse des signes. Ça se ressent par en dedans, comprends-tu ? Moi je l'ai ressenti tellement fort. Tu peux pas imaginer.* Il m'a fait remarquer qu'il avait quatre enfants avec son amour de jeunesse, mais je l'ai interrompu, c'était impertinent. *L'amour, c'est une affaire plus facile à faire qu'à dire. Pis nous autres, on l'a fait en se le disant, imagine ! Personne pourra nous enlever ça, jamais, c'est juste à Édith pis à moi.*

Malgré cette envolée lyrique digne de Molière dans sa bonne période, l'avocat martelait son leitmotiv : *Au tribunal comme partout ailleurs, ce n'est pas la vérité qui compte, mais ce qu'on peut faire croire.* Reconnaissant les limites de ses compétences, il s'estimait incapable de faire croire au consentement d'Édith, les circonstances étant accablantes. Par contre, devant juge et jury, il pourrait grossir le trait et leur vendre l'idée que j'étais encore plus fou que je ne le suis vraiment. Il faudrait alors me soigner plutôt que m'enfermer.

Faut reconnaître qu'il a de la suite dans les idées, le magouilleur congénital. Maître Dupuis, ça doit être son nom d'artiste, un pseudonyme pour être accepté de ses confrères du Barreau. Il me donnait le change en me qualifiant d'antisémite, m'intimant l'ordre de taire mes raisonnements alambiqués. Je lui répondais, presque sincère, que je n'ai rien contre les Juifs. Rien pour, non plus. J'admets toutefois qu'ils possèdent quelques génies dans la généalogie, des Métis sans doute : le gars qui a inventé le bagel, par exemple, et celui qui a écrit *Le Journal d'Anne Frank*. Gros hit commercial, il aurait dû faire une suite, une trilogie même.

Sous ses airs exaspérés, il y croyait, lui, à mes chances d'être reconnu criminellement non responsable. Malgré mes condamnations, il me répétait que j'étais l'homme le plus innocent qu'il connaissait. Dès le début des procédures, il a œuvré à renipper mon image. Il m'a acheté des chemises et un nouveau pantalon, sans égard au confort de mes testicules ; j'ai le scrotum douillet. Même si je lui expliquais que l'âme hip-hop m'habite, que mon style est un moyen d'expression, il n'en démordait pas, il fallait m'habiller convenablement et m'ajuster la fourche. Du même élan, il s'est empressé de me faire réparer les dents, question de prononciation et de crédibilité. Ça c'était cool : avec mes palettes neuves, je pouvais discourir et rapper sans entrave.

*

Édith était lumineuse, phosphorescente même. Je ne voyais qu'elle dans les ténèbres du tribunal. La grossesse l'embellissait. Au premier jour du procès, j'avais remarqué l'augmentation du volume de sa poitrine. Elle était passée de seins-à-peine-notables à présence-respectable-de-totons. Rien pour me déplaire. Et je pouvais les dévisager à satiété, sans crainte d'être surpris, Édith évitant tout contact visuel avec moi.

Tenté par le déni, j'aurais pu croire qu'elle était gênée de me retrouver, près de huit mois après notre dernière rencontre. J'aurais même pu mettre cette incivilité sur le dos de la honte, elle qui ne m'avait écrit aucune lettre depuis notre séparation. Mais dès le troisième jour du procès, après son témoignage, j'ai dû me rendre à l'évidence : elle ne m'aimait plus. Les femmes sont plus volatiles que leur parfum. Un manipulateur avait sûrement pris ma place et lui brouillait les idées. Ou une saloperie d'organisme communautaire de féministes hystériques lui lavait le cerveau pour mieux l'intégrer dans ses statistiques.

Comme s'il ne subsistait plus rien de notre grand amour, comme si nos projets d'avenir n'étaient que fantasmes, elle niait tout de nous. Jamais il n'y avait eu d'ambiguïté, jamais elle n'aurait pu me laisser croire qu'elle contribuerait à mon évasion ou à celle de mes complices, jamais elle n'avait consenti à avoir une relation sexuelle avec moi. *Menteuse ! Je t'ai entendue jouir !* Sous les vociférations du juge qui menaçait de m'expulser, Édith a éclaté en sanglots. Elle jouait son jeu avec maestria, la cruelle ingénue.

Le magistrat lui a accordé une pause. Persuadé que mon avocat en profiterait pour m'engueuler, j'ai été surpris de le voir se réjouir de mon objection. *Ça montre bien le degré de distorsions cognitives auxquelles on fait face, n'hésite pas à intervenir encore.* Il regretterait ce conseil.

En contre-interrogatoire, Édith a reconnu qu'elle portait mon enfant. Évidemment, c'est une salope manipulatrice, pas une pute infidèle. Devant l'étonnement de mon avocat quant au choix de garder cette descendance issue de ce qu'elle qualifiait elle-même de « viol », Édith a rétorqué que sa conscience et sa rectitude morale la contraignaient à protéger cet enfant, l'avortement allant à l'encontre de ses valeurs.

Cet enfant, elle a bien dit *cet* enfant, et non *cetteee* enfant. C'était un mâle, mon fils ! Forcément, au flux de testostérone qui me parcourt le corps, je ne pouvais engendrer qu'un petit couillu. Quand même, j'étais ému. Fier aussi : d'un point de vue génétique, c'est une grande réussite, l'ultime réalisation possible, la reproduction. J'ai versé une larme, puis je lui ai demandé quel nom elle voulait qu'on lui donne. Le juge a soupiré et exigé que mon avocat gère mon inconvenance. Ti-juif m'a fait une remontrance et un clin d'œil. J'espérais qu'Édith accepterait de l'appeler Kaeven, Tommy ou Steven.

Pour l'instant, elle refusait de prononcer mon nom à moi. Et de me regarder. On était loin de l'époque où elle me répétait que je pouvais lui faire confiance, qu'elle serait là pour moi si les choses viraient mal. La femme, c'est comme la chance, on pense toujours qu'on la mérite, et c'est quand on a vraiment besoin d'elle qu'elle nous quitte.

*

Ça tournait carré dans la sphère émotive. Dernier témoin clé, ma « mère ». Ma mère qui ne l'était pas, *at the end of the day*, comme disent les Écossais. Avec preuves circonstanciées, contre-vérifications auprès des services sociaux et incompatibilités géographiques, plus de doute possible, la madame qui mangeait du spaghetti gratiné à Sherbrooke ne pouvait être ma mère, même pas ma génitrice. On peut toujours trouver de bonnes raisons d'avoir tort, mais je suis humble et je le reconnais, je me suis trompé. Ça arrive à tout le monde, c'est documenté.

Et cette pauvre insignifiante sans descendance venait chigner devant le juge. Pour soulager sa détresse et exprimer *le traumatisme d'avoir été espionnée et harcelée par un meurtrier*. Elle y allait un peu fort. *C'est un tribunal ici, pas un groupe de thérapie, madame !* Par habitude, le juge a relevé mon impertinence tout en encourageant la pleureuse à se complaire dans l'apitoiement.

J'y sombrais aussi, en pensant à tout ce temps perdu auprès d'une étrangère. Mais, véritable phénix enclin à la réincarnation compulsive, je voyais l'espoir renaître. Si cette femme n'était pas ma mère, tout le rejet qu'elle m'avait fait subir n'était que broutilles. Ma vraie mère m'attendait dehors, et elle saurait m'accueillir à bras ouverts, elle !

⁂

Le procès s'éternisait. À titre de prévenu transféré d'un autre pénitencier, j'endurais des conditions de détention exécrables. On ne me laissait même pas renouveler mon stock de livres, je devais me retaper Poe, Kafka et Lautréamont en boucle, de quoi devenir fou ! Je m'impatientais, j'avais hâte de me réinstaller à demeure, que ce soit chez les bandits ou les demeurés. J'aspirais à la stabilité. Mais mon avocat ne lâchait rien, demandait des compléments d'expertise, ajoutait des témoins en mesure de mettre en lumière mon enfance aussi troublée que troublante, ma vie en centres d'accueil et tout le tintouin. J'en avais plein le cul de ses démarches, j'étais prêt à mal finir, pourvu que ça finisse.

Pour me mobiliser, il me rappelait l'importance du deux pour un : si on gagnait ce procès et qu'on m'envoyait à Pinel, on aurait de fortes chances de faire tomber les accusations pour le meurtre de Papillon. Il fallait tout miser sur mon aliénation mentale. Et prier saint Judas, patron des causes pendantes. Pour assurer l'issue du procès, il m'encourageait à intervenir dès que j'en ressentais l'envie, ça mettait du piquant et étayait son propos.

*

Monsieur le juge, vous êtes un gros cave ! Après la seconde de silence ayant pétrifié le tribunal, tout le monde a entendu le gémissement de mon avocat. *Nooooon...* J'ai profité de l'effet de surprise pour asséner une seconde claque au magistrat : *Si la justice était une pomme, vous seriez le ver solitaire qui la gruge de l'intérieur, votre honneur. Je dirais même que.* Mon avocat s'est jeté sur moi, m'a saisi par les épaules et m'a supplié de fermer ma gueule. C'était la première fois que je le voyais pourpre. Avec le col blanc agrémentant le ridicule de sa toge, ça lui allait plutôt bien.

Le juge Belkorchia, d'origine aussi suspecte que son patronyme, s'est mis à marteler son bureau d'acajou pour rétablir l'ordre. Sous un faux air de professionnalisme exemplaire, il a recommandé aux jurés de ne point se laisser influencer par mon esclandre, de se concentrer sur les plaidoyers des avocats, sur mes antécédents criminels, notamment l'homicide au deuxième degré, et sur ses propres recommandations. Il a repris là où je l'avais interrompu, en pleine définition de ce qu'est une « agression sexuelle aggravée ».

Je voulais bien reconnaître que j'étais armé au moment de faire l'amour avec Édith, mais c'était conjoncturel, j'avais un hélicoptère à détourner, un chef mafieux à faire évader. Oui, j'avais légèrement mutilé le visage et fracturé la mâchoire d'Édith avant son dépucelage, mais là encore, il fallait remettre les choses en perspective, j'étais stressé.

Tatillon à l'excès, le juge considérait que le fait de lui transmettre l'herpès constituait une circonstance aggravante. Franchement, ça ne se dévoile pas en début de relation, ces détails délicats. Surtout pas durant une prise d'otage passionnée, ce serait déplacé. *Et je n'avais pas accès à des capotes non plus, connard ! Tu voulais que je m'enveloppe la queue dans un sachet de Skittles ?*

C'en était trop pour l'honorable grabataire, on m'a fait évacuer de la salle pour le laisser finir de corrompre le jury en paix. Quel fumiste, il prétendait s'exprimer au nom du droit alors qu'il ne respectait même pas mon droit d'expression. J'ai tout de même eu le temps de lui souhaiter un virulent cancer des testicules en étant traîné avec dignité hors de la salle d'audience.

*

Je ne m'en tirerais pas indemne. Le système de justice fonctionne, oui, il fonctionne particulièrement bien pour les policiers, les avocats et les juges. La présumée impunité des criminels est une illusion, même les mafieux aux bras longs finissent par rencontrer un juge au bras lourd. De toute façon, l'unique enjeu se limitait à déterminer dans quelle cage on m'enfermerait. Soit je retournais au pénitencier avec les coucous dangereux, soit je rentrais à Pinel avec les dangereux coucous. Pari peu enlevant s'il en est. Tel un placement à terme de Dédé Fortin, je n'y voyais plus d'intérêt.

*

Je n'ai pas compris ce que j'y gagnais, mais on a gagné. Mon avocat était en liesse, heureux comme un rabbin brandissant un bout de prépuce sanguinolent. Il l'avait eue, son irresponsabilité criminelle, mon aliénation mentale. À tout jamais, sur papier, j'étais fou.

Même si on remportait une victoire sur l'impertinence crasse du juge, je le regrettais, ce jugement.

Pour moi, ça ne changeait rien de toute façon ; prison ou hôpital, j'allais m'évader. Mais Édith pleurait et rageait dans les bras de sa mère. Ça me chamboulait, des tripes jusqu'au cœur. Son refus de m'accorder un seul regard tout au long du procès me blessait, oui, mais je l'aimais encore. Même si c'était injuste qu'on m'accuse d'agression pour l'amour que je lui avais donné, j'aurais préféré être condamné, pour la satisfaire. Oui, j'aurais été prêt à prendre perpétuité pour la soulager, si elle y tenait tant, à ma culpabilité. Malgré le mensonge où elle s'enfermait, j'aurais tout fait pour elle. Plus j'y pensais, plus j'avais envie de pleurer aussi, bouleversé par ma grandeur d'âme.

✳

La psychiatrie, c'est comme la prison, en plus désinfecté. On joue sur les termes pour mettre la main sur des subventions spécifiques, mais au fond c'est pareil. Le trou s'appelle *pièce consacrée à l'isolement*, la cellule se nomme *notre chambre*, les menottes s'appellent *médication* et la détention s'appelle *thérapie*, mais faut pas se tromper, c'est la même violence psychologique, la pire : l'enfermement de l'homme par l'homme.

Attaché au lit de contention, les jambes et les mains fixées aux quatre coins de l'armature de métal, il faut lâcher prise. Sur la possibilité de se gratter, par exemple. Sur la pratique de l'onanisme et de l'exercice physique aussi. Les gestes sont entravés, on peut seulement bouger le bout des pieds et agiter les mains. Mais c'est tout ce dont j'avais besoin. Mes paumes parvenaient à atteindre les coins pointus de la structure métallique. Je les ai frottées et frottées encore contre ces angles droits, jusqu'au sang.

⁎

Co-nasse, co-nasse, co-nasse. J'écoutais les talons de ma psychiatre se rapprocher de la salle d'isolement. Repérables à un kilomètre, ils claquaient la cadence dans l'écho du corridor. *Co-nasse, co-nasse, co*… Arrivée. Derrière la porte capitonnée, sans discerner la teneur de ses propos, j'ai reconnu son accent d'Italienne mal intégrée. Aveuglante, la lumière des néons m'a rappelé que je croupissais en isolement depuis une éternité et demie. J'ai serré les poings, un filet de sang m'a coulé sur le poignet. Le vacarme des serrures a fait place au grincement de la porte qui a fait place à l'agent de sécurité qui a fait place à la psychiatre.

Dre Milani. Une belle grande blondasse bardée d'un doctorat, d'un port de tête et d'une suffisance dignes des cocottes du siècle dernier. Elle se prenait pour une autre. Dommage, le plus triste avec les gens qui se prennent pour d'autres, c'est que cet autre est souvent moins intéressant qu'ils pourraient l'être eux-mêmes.

Détail de taille, elle était lesbienne, ayant résisté à toutes mes avances et portant le cheveu court. Avec son salaire s'approchant de celui d'un homme, la virago se permettait d'afficher la plus désagréable des attitudes. Les éditorialistes à la solde des tabloïds ont bien raison : les femmes ont émasculé le sexe fort et anéanti tout espoir d'équilibre social, de développement économique et d'épanouissement viril en Amérique du Nord. Sans parler des musulmanes.

J'étais calme, agressif et serein, détendu comme la corde d'un arc, prêt à l'accueillir. Elle s'est plantée au bout du lit, flanquée de son cerbère d'ébène, et m'a scruté de la tête aux pieds, marquant un arrêt à la fourche. Personne n'avait jugé bon de me rhabiller. Elle a pris quelques notes dans son calepin noir, à moins qu'elle n'y eût esquissé un croquis de mon pénis, avant de daigner me saluer, du bout des lèvres. C'était la reine des connes, je lui aurais enfilé une couronne de crevettes sur la tête. Mais même au rabais, c'est cher, des fruits de mer. Elle n'en méritait pas tant. Je me suis contenté de la traiter de charogne de luxe, en imitant son accent de métèque, pour bien lui montrer que sa filiation italienne, donc ses affiliations avec la mafia, ne m'intimidait guère.

Elle se tapotait la tempe du bout de l'index, pour me rappeler de réfléchir, ou d'envisager de me tirer une balle, je ne saurais dire. *Alorrrs, on s'est permis une agrrression sauvage aujourrd'hui ? J'aurrrais dû m'en douter, déjà un moment que vous ne vous étiez pas laissé emporrrter. Je vais devoirrr augmenter les sédatifs par intrrraveineuse, à moins que vous n'ayez une explication ?* Fallait m'en débarrasser au plus vite, avant qu'elle voie que je m'automutilais et qu'elle suspecte la mise en branle de l'opération « Branlette finale ».

Non, j'ai pas d'explication, pas d'excuse non plus, je voulais juste tâter les grosses boules de la petite conne. Vous savez, docteure, comme l'a démontré Lacan, il est parfois impossible de se faire un nœud coulant dans la queue pour étrangler ses désirs.

Elle est restée stoïque, mais j'avais fait mouche, je la perturbais et elle allait décamper en vitesse. Les femmes ont le buste solidaire, une forme d'altruisme adipeux. Que ce soit pour brandir des rubans roses ou dénoncer leurs prétendants éconduits, elles se liguent docilement. *C'est bien maigrrre comme arrgumentation, je vous ai connu plus loquace.* Elle s'est approchée du lit, unique mobilier, vissé au sol, épicentre de cette pièce consacrée aux cas problèmes. *Vous êtes un cas prrroblème, vous savez, déjà cinq ans que je vous suis, et je ne sais toujourrrs pas où on va... Je suis perrrplexe.*

Ses paupières se sont rapprochées, comme celles d'un philosophe, d'un Asiatique ou d'un philosophe asiatique, les plus surestimés. Le zen mon cul, je ne connais rien de plus stressé qu'un Japonais et rien de plus stressant qu'un Chinois. Elle a fait un pas de plus, se tenant à la hauteur de mon pénis, qui ne payait pas de mine sous ces cruels néons. L'homme de couleur, brune, s'est approché aussi, mais elle a levé la main, lui signifiant qu'elle ne craignait rien et qu'il devait rester en retrait. *Bon chien, reste !* Je l'ai encouragé aussi.

Elle s'est penchée vers mon visage, quelques degrés à peine, avant de murmurer juste pour moi : *Tu n'es pas un monstrrre, tu es un humain et les humains peuvent guérirrr.* Je lui aurais bien envoyé un crachat dans sa sale gueule, si je n'avais eu une boule dans la gorge. J'ai tout ravalé et fermé les yeux, pour bouder et marquer la fin de la discussion. Je ne me laisserais pas glisser sur le terrain vaseux des émotions.

Elle pouvait me susurrer autant d'aphorismes et de pronostics qu'elle le voulait, ça restait une grosse conne et je m'évaderais sans me retourner. Avec ses grandes études, elle devrait savoir qu'il est plus difficile de guérir un cœur brisé que de soigner un infarctus.

*

Paradoxe spatiotemporel : il faut suivre la ligne du temps, mais toutes nos horloges sont rondes. La louve italienne m'avait administré une puissante dose de sédatifs et d'anxiolytiques, me piquant dans les profondeurs de la chair d'une cuisse légèrement dodue, je le reconnais, il y avait quatre, neuf ou douze heures. Va savoir ! C'était bienvenu sur le coup et ça m'avait relaxé, mais là, je débuzzais. *Dans un souci de trrraitement, et non de punition*, elle me laissait croupir en cellule d'isolement pour une journée complète, en plus de la nuit déjà purgée. J'estimais être à la moitié de ce châtiment, plus ou moins, et je m'emmerdais ferme, entre deux crises de furie. Attacher un homme qui réagit à son enfermement, c'est aussi logique que confier une mitraillette à un psychopathe en crise d'épilepsie. Ça peut être lourd de conséquences.

Ils me détachaient pour me laisser manger, sous supervision, et desserraient mes liens seulement pour nettoyer le cuir du matelas lorsque je me faisais dessus. Les secondes devenaient des minutes, les minutes devenaient des heures et les heures s'étiraient, interminables, plates comme un cul de blanche.

Avec le temps, même Léo Ferré est mort. Je m'ennuyais à mourir. Merde, déjà cinq années de perdues dans cet asile de fous. Sans écrire ni aimer, donc sans vivre. Mon fils allait entrer à l'école bientôt. Ma mère ne rajeunissait pas non plus.

À part m'évader et retrouver maman, je n'avais plus de projet de vie, à peine le projet de vivre. Je flottais sur l'étang de l'ambivalence, une part de moi espérait mourir cette année, à vingt-sept ans, comme tout le monde : Kurt, Jim, Janis, Amy, quelques centaines de rappeurs et les autres génies de ma trempe. J'avais peur de finir trentenaire. N'importe quel adolescent le sait : trente ans c'est vieux, quarante c'est mort. Au-delà, c'est de l'acharnement inutile, de l'entêtement gérontologique. La décrépitude et la dégénérescence des cellules s'enclenchent à la mi-vingtaine. Les crèmes n'y peuvent rien. Quand l'élasticité, la plasticité de ta peau et même la pigmentation de tes poils t'abandonnent, pauvre bête, c'est que la programmation génétique parfaite de ton corps sonne le glas. Le temps qui t'était alloué pour séduire, conquérir, fourrer et te reproduire touche à sa fin. La mort n'est pas une finalité, mais un processus ; le début de la mort arrive bien avant la fin de la vie. Les vieilles pouliches qui se font charcuter et rapiécer la façade ont raison, rien n'a plus de valeur que la jeunesse. Après, c'est la déréliction, le décès ou la retraite.

Faut regarder les choses en face, même quand elles nous tournent le dos. *Tempus fugit* trop vite, en latin comme en français. Oui, le temps fuit, et je devais m'y mettre aussi. Mes dernières tentatives d'évasion avaient viré au fiasco, mais même Jésus est tombé trois fois, sans se décourager. Celle-ci serait la bonne. J'étais prêt à mourir dans l'opération s'il le fallait. De toute façon, il faut se souhaiter une mort violente, très violente. C'est la seule qui nous évite la souffrance, le vieillissement et la maladie. Imprévisible, c'est encore mieux : une mort sournoise et violente, sans dégénérescence, sans attente. La mort est toujours subie, mais un peu moins quand elle est subite. Je la souhaite à tout le monde.

Je me suis contorsionné les poignets de plus belle, j'ai étiré les courroies au maximum, et repris de me mutiler l'intérieur des paumes. L'hémoglobine coulait, je frottais et creusais encore, grisé par la soif de cavale et l'odeur du sang.

Aventurier des temps modernes, je ne prends plus de risques, ce sont les risques qui me prennent. Mustang sauvage, j'incarne ce qu'il y a de meilleur dans l'homme, quand l'homme n'est pas une grosse fiotte. Tenez-vous-le pour lu !

2
La piété

*

Ce qu'on appelle la réalité est une option parmi d'autres, rarement la meilleure. Tout est relatif, même Einstein. D'un point de vue métaphysique, il n'a jamais existé, Einstein. Chaque mensonge est une vérité en devenir, un projet en attente. Et selon le point de vue adopté, il y a toujours moyen de présenter les choses sous un angle favorable. Quitte à ce que ce soit un angle mort.

T'as rencontré Jésus pour de vrai ? Simon n'en revenait pas. *Je l'ai plus que rencontré, il m'a pénétré.* Et j'ai fermé les paupières pour ajouter un peu de cérémonial à mes propos. Simon trépignait. *Est-ce que je peux les voir encore ?* J'ai jeté un coup d'œil autour, je me suis assuré qu'aucune infirmière ou aucun agent de sécurité ne nous observait et j'ai ouvert mes mains sous ses yeux éblouis. *Oh mon Dieu, les stigmates…*

Si la foi peut déplacer des montagnes, un croyant pouvait bien m'extirper de Pinel. Je manipulais celui-là depuis six mois, pour avoir ses portions de dessert et préparer mon évasion. Simon, mon chrétien psychotique de cinq pieds deux pouces, blond, doux comme un agneau sacrifié, incarnait l'outil idéal pour me soustraire aux griffes de la haute sécurité du centre de détention psychiatrique.

Paraît qu'on ne peut avoir tous les talents. Par contre, on peut n'en avoir aucun. C'était le cas de Simon. Pour dépasser cette absence de compétences, il a développé d'incroyables croyances religieuses. C'est sécurisant, d'un point de vue humain, la religiosité : tous les hommes sont égaux, la rédemption, la noblesse de l'âme, etc. Il s'était shooté à la Bible trop longtemps. Le petit Jésus, sa Vierge de mère et leurs anges de compagnie ; tout ce qui pouvait être halluciné avec une auréole l'était par ce dévot abruti.

Malheureusement pour sa sœur, il voyait aussi Satan, à l'occasion. Et il l'avait reconnu dans les traits de sa cadette. Sans prendre le risque de jouer à l'exorciste, Simon s'était carrément débarrassé de la tête. On la cherche encore, d'ailleurs.

Je n'ai rien contre les convictions sectaires ou religieuses, surtout lorsqu'elles me servent. J'ai l'impression qu'on s'éloigne des cieux chaque fois qu'on se met à genoux, mais je crois qu'il faut respecter les croyances des autres, même les plus connes. L'appareil psychiatrique ne partage pas mon avis. Le pitoyable Simon était soumis à des doses massives d'antipsychotiques depuis son arrivée, le tout parsemé d'électrocutions localisées. Et tout cela en vain, la garde rapprochée du Christ continuait de lui apparaître sous toutes ses formes.

*

Est-ce qu'il y a un saint avec nous, Simon ? Coup d'œil nerveux par-dessus son épaule. Il a trépigné. *Oooh oui, l'archange Jérémiel est avec nous...* Évidemment. *Demande-lui si mes stigmates sont le dernier signe que nous attendions.* Simon s'est mis à marmonner en levant les yeux au ciel, a souri dans le vide. *Non, l'entité divine dit que ce n'est pas le signe.* Ah, le con ! *Oui, oui, je l'ai entendu moi aussi, il a dit que c'est le signe, demande-lui encore, tu vas voir.* On ne peut se permettre de sous-estimer le pouvoir de la suggestion sur un psychotique digne de ce nom. Reprise du marmonnage. Silence. *Ah, oui, t'as raison, c'est le signe !* Les hallucinations, c'est comme les vieux appareils électroniques, faut parfois souffler dedans pour que ça fonctionne. *Les stigmates ne mentent pas, Simon, c'est aujourd'hui qu'on passe à l'action !*

Lundi matin d'été, effectifs réduits sur le plancher, belle météo, malade mental docile sous la main : tous les éléments étaient en place. Sans compter qu'avec ma crise de la fin de semaine le personnel devait être persuadé que je demeurerais relax pour un moment. Après la pluie le beau temps ? Mais non, après la pluie, c'est l'ouragan, bande de cons !

*

Il n'y a pas de sot métier, mais il y a des connards professionnels. On en trouve une concentration particulièrement élevée dans le milieu de la santé et des services sociaux. À mon grand désespoir, j'ai toujours été bien placé pour le savoir.

J'avais choisi la meilleure journée pour donner un dernier coup de manivelle à Simon et m'évader. La très jeune et trop gentille infirmière, Marie-Chanelle, ne représentait aucun danger. Hippie boulotte, elle devait faire un usage abusif de la méditation, pas besoin de médication pour elle ; toujours l'air partie, sans intention de revenir. Bienveillante et maniérée, elle adorait animer des ateliers de dessin, de gouache avec les doigts et autres délires censés favoriser le rétablissement des malades. Marie-Chanelle pratiquait aussi la zoothérapie avec certains patients, mais moi je n'avais pas le droit de participer. Dommage pour les animaux, j'ai plein d'amour à donner.

Les plus obéissants récitaient des mantras avec Marie-Chanelle. Sa douceur m'agressait. Sous son uniforme immaculé, elle devait porter un g-string en fibre de lin biologique. Je l'aurais fourrée quand même, elle a un beau sourire. Je la retrouverai peut-être dehors.

*

En plus d'une infirmière, deux colosses maintenaient la sécurité dans notre secteur, réputé risqué. Risque minime, la médication prescrite était si lourde et handicapante qu'elle enlevait l'envie, sinon la capacité de se violenter et se violer les uns les autres. En fait, ça désamorçait l'ensemble des envies possible. Les camisoles chimiques qu'on nous enfilait à coups de pilules et d'injections assuraient l'essentiel de la tranquillité de l'institut, mais quelques spécimens dans mon genre se permettaient un éclat de lucidité, une crisette ou une agression à l'occasion.

Dans un coin de la salle commune, en train de feuilleter un livre de coloriage pour adultes, Jamal paraissait détendu. Évidemment, comme tous les Arabes, il avait la flemme et se tenait loin d'un véritable travail. Sauf quand il y prenait plaisir, comme la fois où il m'a fracturé le poignet en me maîtrisant à trois contre un. Le garde de sécurité par excellence, violent et arrogant. Je lui devais un chien de ma chienne enragée. Un imbécile de compétition, Jamal, un con de course. Ne restait qu'à lui poser un aileron.

Et dans le bureau, véritable objectif de la manœuvre, le gros Marcel surveillait la dizaine de coucous occupés à rien du tout, sinon à se baver dessus. C'est dans cet inaccessible bureau qu'il me fallait me rendre pour désamorcer les systèmes électroniques, m'emparer des clés et soumettre les serrures mécaniques à ma volonté. Combien d'heures avais-je passées à espionner les agents au moment d'inscrire le code, à repérer leurs habitudes et à déterminer les paramètres idéaux de l'opération « Branlette finale » ? Ils avaient beau se gargariser avec leurs soins aux patients, le curatif avant le coercitif et autres paradigmes pompeux, à part les corridors aseptisés et les blouses blanches, cette section de Pinel demeurait une prison, et comme l'a relevé Casanova avant moi : *Les prisons sont toujours plus jolies lorsque observées depuis l'extérieur.*

*

Mais je pourrai jamais frapper Marcel... Les malades mentaux de ce niveau, c'est comme les athlètes, ça demande beaucoup d'encadrement. *C'est pas Marcel, Simon, tu le sais bien, comment il s'appelle ?* Ma marionnette se révélait plus ardue à manipuler que je ne l'avais cru. *Vas-y, dis-le, comment il s'appelle ?... Marcel Demontigny... Oui, Démon-tigny. C'est pas un humain, Simon, c'est un soldat de Satan, un fantassin du huitième cercle de l'enfer. Je te l'ai expliqué cent fois... Et toi, Simon, quel est ton nom ? Lévesque.* Sa voix chevrotait. *Oui, Simon Lévesque, et seul l'évêque peut combattre le démon !* Puis, j'ai ouvert grand mes paumes devant ses yeux, exposant les saintes preuves de ma connexion divine.. *OK d'abord, si tu le dis.*

Sans même devoir lui rappeler les étapes du plan, Simon s'est dirigé vers le bureau, auréolé de son calme habituel. Il arborait le même sourire semi-charmant, semi-retardé qu'il affichait depuis son arrivée à l'hôpital. Il est allé cogner à la porte blindée. Cette porte qu'aucun patient n'a le droit d'approcher à moins de huit pieds, ligne rouge tracée au sol à l'appui, Simon y cognait sans éveiller le moindre soupçon. Et Marcel a mordu à l'hameçon.

Poisson ascendant grosse brute, Marcel était un vieux routier de la sécurité. Il avait sévi dans les entrepôts, les bars et était venu terminer sa carrière avec les coucous et autres décérébrés de Pinel. Il en avait vu et battu d'autres, le Marcel. Fin quarantaine en forme, en grande forme même, il s'entraînait ferme et se shootait aux protéines avec acharnement. Son crâne n'était pas adapté à son corps trapu, là où on aurait dû trouver une tête de bulldog trônait un long faciès émacié. Malgré les efforts mis sur le style, c'était un désastre morphologique. Il devait baiser fort peu. Orgueilleux jusqu'à la teinture noir de jais dans sa chevelure clairsemée, il se taillait la barbe fine, même pour venir surveiller les malades mentaux les plus engourdis de la métropole.

Marcel paraissait moins fier avec Simon dans les bras, acharné à lui croquer le front, lui décharner la face. Dès qu'il avait entrouvert la porte du bureau pour voir ce que le mignon petit Simon pouvait bien lui vouloir, celui-ci avait subtilement hurlé *Déééémon*, lui avait sauté à la gorge et l'avait renversé sur le sol. Incarnation de la folie furieuse, Simon frappait, griffait, mordait sans essuyer de riposte. Le pauvre gardien parvenait mal à protéger son précieux visage. Moins robuste qu'il ne l'affichait, le Marcel. Le culturisme relève davantage de l'esthétisme que de la force. C'est de la gonflette, de l'air autour de l'os, du maquillage ; les culturistes sont de pures guidounes.

*

Plus prévisible qu'une mauvaise haleine de ramadan, Jamal n'avait pas bougé, figé sur place, tétanisé. Quelques débiles se recroquevillaient sur leur chaise ou chignaient, effrayés par les grognements de mon allié ou les supplications de sa victime. Les moins gelés s'éveillaient de leur torpeur et exhortaient Simon à plus de violence. Subjuguée, Marie-Chanelle, trop éloignée de la porte pour se sauver sans passer près de Simon, s'est réfugiée sous une table en émettant des sons plutôt érotiques, malgré sa détresse. L'effet de surprise parfait. Comme je l'espérais, l'opération « Branlette finale » leur explosait au visage et ils en prenaient plein la gueule !

Avant même que le tamoul ne comprenne ce qui se jouait sous ses yeux, j'ai couru vers lui et je lui ai balancé mon poing dans les dents. Les risques du métier. Excellente droite, ça jutait en éclats écarlates, éclaboussait tout autour, un feu d'artifice de sang arabe. Même pour un œcuménique comme moi, c'était beau à voir. L'infirmière et les trépanés m'enorgueillissaient de leurs vagissements impressionnés. *Aaaah !*

Emporté par mon élan, je suis tombé au sol avec Jamal. Il a voulu saisir son émetteur, son bouton d'alarme, une arme ou que sais-je encore. Malgré la puissance de mon direct, je n'avais pas réussi à l'assommer. Plus difficile que nous le présentent les dessins animés, assommer quelqu'un. Tant pis, je devais le tuer. Au cas où, j'avais prévu le coup et je traînais une corde artisanale, constituée d'élastiques de bobettes.

Sous les cris horrifiés de quelques psychotiques agglutinés dans un coin de la pièce, et sous les applaudissements de l'autre part de mes codétenus, moins sensibles, j'ai retourné Jamal face contre le sol. Une pluie de coups de poing s'est abattue sur le bougnoul, je lui ai planté un genou entre les omoplates, lui ai passé ma corde sous la gorge et l'ai étranglé. Il se débattait de son mieux, mais j'étais meilleur. J'ai resserré l'étreinte de toutes mes forces, je lui ai frappé la tête contre le sol, j'ai pesé de tout mon poids, et au bout d'un court instant interminable, Allah l'avait rappelé à lui. Soucieux du travail de finition, je me suis empressé de lui nouer la corde derrière la nuque.

La caverne d'Ali Baba m'était ouverte, Simon s'était avéré être le sésame que j'espérais. Sous son assaut, savant mélange de coups de poing, de tête et de morsures, Marcel était neutralisé. Je me suis précipité dans le bureau, j'ai enjambé les corps enlacés sur le sol et je me suis emparé du trousseau. Je tenais enfin les clés de Pinel! J'ai composé le code à six chiffres permettant de désactiver l'alarme et j'ai écrasé du poing l'interrupteur tant convoité, mon perpétuel désir des dernières années. Le contrôle électronique de la porte, cerbère inviolable de notre secteur, s'est désamorcé. Et la lumière fut! L'ampoule verte brillait au-dessus de cette sale pute de porte que je ne pouvais traverser que sous escorte. Mon fantasme prenait vie sous mes yeux. La liberté criait mon nom. Je venais à elle, en elle, j'éjaculais de bonheur à l'intérieur de moi-même.

*

Tout pouvait arriver, et tout arriva. Malgré les hurlements de douleur de Marcel, je percevais l'agitation gagnant la grande salle. Génial ! Une poignée de mes comparses, grisés par l'action, s'apprêtaient à déclencher une émeute. Une petite émeute, ils étaient cinq à faire du grabuge. Un sixième se consacrait à caresser le cadavre de Jamal en salivant. Les sept autres patients du secteur s'entretenaient l'anxiété en compagnie de l'infirmière, dans le coin le plus reculé de l'espace commun. Ça criait, pleurait, gémissait et me stressait plus que nécessaire. *Viens, Simon, on sacre notre camp !* Paisible, il a relevé la tête, la bouche et le menton couverts du sang de Marcel, *amen*. Laissant le pauvre culturiste ensanglanté sangloter en position fœtale, il m'a emboîté le pas et on a émergé dans la salle commune, faisant grimper la tension de trois crans.

Étonné, j'ai vu Jamal reprendre ses esprits, arracher son garrot et appeler à l'aide d'une voix étouffée, inutile. Plus difficile que nous le présentent les films, tuer quelqu'un. Un jeune parricide fraîchement débarqué a entrepris de tester son crâne comme trampoline, voilà qui me déchargeait d'une tâche fastidieuse. Avec un peu de chance, on sortirait sans déclencher l'alerte générale. Pour me motiver, je me chuchotais : *Je vais retrouver la liberté et ma mère*. Sur le même registre, derrière moi, j'ai entendu Simon marmonner : *Je vais retrouver Jésus et ta mère*. Inquiétant.

*

Les centres d'accueil, la prison, la psychiatrie, j'ai fait le tour. Toujours la même poutine. Des humains plus ou moins fuckés qui surveillent d'autres humains plus ou moins fuckés. Ce ne sont pas des milieux sains, je devais m'en sortir une fois pour toutes, m'abreuver d'émancipation au mamelon de la délivrance. Il me la fallait à tout prix, et j'étais prêt à la leur faire payer.

Simon sur les talons, j'ai traversé le corridor au pas de course de ninja ; c'est comme courir sur la pointe des pieds, mais en se retenant de courir trop vite. Un peu compliqué, mais efficace. On a dépassé les portes sécurisées de deux autres secteurs sans attirer l'attention. À l'aide des précieuses clés de Marcel, j'ai déverrouillé la dernière porte de l'étage, sentant ma chance tourner avec le loquet. Enfin, je retrouvais mon assurance et le contrôle de la situation ; y a pas que les branleurs qui se reprennent en main.

Au moment d'emprunter l'escalier pour descendre au rez-de-chaussée, j'ai entendu beugler du fond du corridor : *Attendez-moé, les gars !* C'était le gros Lavallée, sans pitié pour ses genoux, qui courait vers nous en faisant fi de toute la tradition ninja. *Attendez-moé, j'arrive !* Derrière lui, les apprentis émeutiers s'avançaient en brandissant des barreaux de chaise, des pattes de table ou des excréments.

Constatant mon irritation, Simon m'a demandé s'il devait mordre la face du gros Lavallée, question de l'inciter à nous laisser tranquilles. *Ce sera pas nécessaire, cours !* On a déboulé les marches en paquets de quatre. On arrivait en bas juste au moment où l'alerte générale s'est déclenchée, une alarme stridente qui nous a déchiré les tympans. J'ai poussé la porte de la cage d'escalier et je me suis retrouvé nez à nez avec Milani, ma grande pimbêche de psychiatre. Pas de temps à perdre, je lui ai collé un baiser sur la bouche, avec la langue. Puis je l'ai projetée au sol. *Ciao, Dalida !* Et j'ai repris mon sprint aussitôt.

*

Du personnel infirmier envahissait les couloirs, me ralentissait. J'en ai repoussé contre le mur, j'ai plaqué un garde de sécurité et je suis enfin arrivé dehors, à bout de souffle, les poumons déchirés. Les secondes étaient comptées.

Ils devaient en avoir plein les bras avec les mutins du deuxième étage, la voie était libre et je le serais aussi, bientôt. Tout au long de ma course, je me demandais comment me débarrasser des deux agents à l'entrée, comment réussir à les faire sortir de leur guérite pour les neutraliser, puis m'infiltrer à l'intérieur et ouvrir la grille principale.

Est-ce la présence du petit Simon qui me portait chance et forçait la providence ? Dieu ne s'est pas fait prier pour nous aider, en tout cas. Parvenus à proximité de l'entrée, la porte de la guérite nous attendait, grande ouverte. Les deux agents tant redoutés s'appliquaient à se défendre contre le gros Lavallée, déchaîné, roulant sa masse adipeuse sur un, puis sur l'autre, cognant à tout vent. Par où était-il passé ? Mystère et giga boule de gomme. Tant mieux pour moi, il occupait les dernières résistances appréhendées. Les trois hommes au sol étaient si absorbés par leur échange de coups qu'ils ne m'ont pas remarqué alors que j'abaissais la manette qui enclenchait l'ouverture des portes. Une brèche de soleil dans les ténèbres de la psychiatrie moderne. Simon s'y est glissé, je l'ai suivi aussitôt. Tel un Mesrine, un Mandela ou un oiseau, j'ai crié *liberté* au moment de franchir le seuil de ma cage.

*

Je laissais le sinistre institut derrière moi, mais j'avais encore Simon au cul. Je devais m'en débarrasser au plus vite. Je m'étais abstenu de lui révéler cette partie de mon plan. On a tous un jardin secret, ne serait-ce que pour enterrer nos cadavres. Je devais agir au plus vite, on entendait déjà les sirènes des policiers se rapprocher, on se ferait repérer plus facilement à deux. Et c'était un dangereux malade mental, faut se le rappeler. Rien ne me garantissait que je ne ferais pas un bon martyr à ses yeux. Il joggait derrière moi sur le boulevard Henri-Bourassa. Je me suis arrêté sec lorsqu'il est arrivé à ma hauteur, et je l'ai poussé devant une voiture. *Bông !*

La mamie avait conservé ses réflexes, elle a enfoncé les freins de sa petite Echo rouge. Plutôt que de rouler sur Simon et de le tuer sur le coup, comme je l'avais calculé, elle l'a seulement percuté brutalement. Sa tête a fissuré le pare-brise avant d'aller rebondir sur l'asphalte et de s'immobiliser à quelques pieds de la voiture. Bonne samaritaine, la grisonnante s'est empressée de quitter son véhicule pour lui prêter assistance. Décidément, quel jour de chance !

Dans le rétroviseur, j'ai vu Simon se relever et traverser l'artère avant de s'enfuir entre deux entrepôts, à la course. Il avait de la ressource, l'évangélisé. Plantée au milieu du boulevard, la nouvelle piétonne levait les bras au ciel, incapable de concevoir ce qui lui arrivait. Et moi je rigolais comme un gamin, le pied enfonçant l'accélérateur. À la radio, Métallica chantait *Highway to Hell*.

3
La subtilité

*

La vertu tient à peu de choses, d'ailleurs je n'y tiens pas moi-même. Je m'impatientais à un feu rouge, coincé derrière une minivan, tout en fouillant la boîte à gants de la mamie. Sa sacoche m'avait déjà béni de trois cent quarante-quatre dollars et de la poussière. Un pactole. Et voilà que je trouvais une lampe de poche et un couteau suisse. Ça pouvait toujours servir. J'ai fourré mon butin au fond de mes poches en surveillant le trafic, à l'affût des flics. Belle rime riche, ça, je l'ai notée dans mon calepin mental, pour mon album de rap. Rap qui manque cruellement à la radio. Je faisais la tournée des stations et ne tombais que sur de la pop insipide et du vieux rock nostalgique. Je suis un artiste monodisciplinaire, moi. Je n'écoute et ne produis que du bon rap. En toute ouverture d'esprit, tous les autres genres musicaux relèvent de la grosse marde. À l'exception près, mais je ne suis pas prêt à vous révéler mes chansons préférées de Cabrel.

Désespéré, j'entamais mon troisième tour des postes de radio lorsque j'ai entendu mon nom. Interloqué, je me suis retourné vers la banquette arrière. Personne. C'est à la radio qu'on parlait de moi ! Déjà ? On décrivait même l'Echo rouge utilisée pour fuir l'Institut Pinel, et les vêtements que je portais, mon vieil ensemble Converse de coton ouaté gris. Avoir su, j'aurais mis ma chemise.

J'étais célèbre ! On me nommait à la radio. À Radio-Canada en plus, l'organe fédéral ; le topo se concluait sur une identification affectée caractéristique des journalistes issus du fonctionnariat. J'hésitais entre éclater de fierté ou imploser de panique. Pas le temps de pavoiser, fallait réagir au plus vite, improviser.

*

Les klaxons résonnaient derrière moi, mais je filais droit devant, au pas de course, abandonnant la voiture à l'intersection. M'éloigner de cette auto, le plus vite et le plus loin possible. Je n'avais aucune idée de l'endroit où je me trouvais. Je ne me rappelais pas avoir traversé de pont, je devais encore être sur l'île de Montréal. Peut-être même au centre-ville, le trafic était dense et les trottoirs bondés. J'empruntais les rues moins achalandées, mes pieds battaient l'asphalte, mes poumons brûlaient, mais je n'arrêtais pas. J'ai couru et couru jusqu'à atteindre la rue la plus effrayante du monde. Des bonbons roses brisaient l'horizon et couvraient le ciel. Des guirlandes de boules pastel à perte de vue. Atterri sur la planète gaie, j'étais perdu et affolé, plus vulnérable qu'une jeune fugueuse sur l'ecstasy dans un show hip-hop.

Ce ghetto n'est plus un village gai dans Montréal, c'est tout Montréal qui devient une métropole de fefis ! Partout où je regardais, des gars en bedaine avec des chapeaux de cowboy se tenaient par la main. À travers les touristes complices, des madames frenchaient d'autres madames, sans aucune féminité. Une vitrine débordante de fouets et de casquettes en cuirette a achevé de me terroriser. Je m'étais échappé de l'enfer pour me réfugier à Sodome.

Même si ce n'est plus à la mode, je demeure farouchement hétérosexuel. Détrempé de sueur, je n'arrivais pas à retrouver mon souffle, je ne pouvais rester là, mais n'avais plus la force de courir. Isolé, sans issue, dans un océan d'homosexuels, je sentais que mon intégrité physique et psychique était menacée. Ils peuvent être gentils, peut-être que je me trompe sur leur cas, mais je préfère avoir une poutre dans l'œil qu'une plume dans le cul. Me cacher, vite !

Quel bonheur de découvrir une boutique tenue par un Arabe ! Ils affichent un taux de déviance des plus faibles, les Arabes. Ils traînent d'autres problématiques menaçant la sécurité nationale, mais je n'étais pas là pour sécuriser un aéroport. Son souk incongru représentait ma planche de salut. Trop heureux de dénicher une casquette, des vêtements de rechange et une boucle de ceinture en forme de poing américain, je l'aurais embrassé.

Serviable, il m'a indiqué comment sortir du périmètre. J'étais soucieux de couvrir mes tatouages au plus vite et au moins cher. Momo m'a recommandé de remonter vers la rue Ontario, *on y trouve de tout, mon ami*. Je lui ai payé mon dû en enfonçant ma nouvelle casquette des Raptors jusqu'aux sourcils. J'ai pris une grande respiration et replongé dans la moiteur libidineuse de la rue Sainte-Catherine. Pauvre Catherine, si elle savait ce qui se passe sur les trottoirs qui l'honorent, elle se désanctifierait elle-même.

*

Je fixais l'horizon brisé par les HLM de pauvres, marchant le plus vite possible, sans avoir l'air louche. C'est un peu moins rapide que la course du ninja, mais plus que le trot du quidam. J'en ai dépassé quelques-uns, j'ai même croisé deux policiers à vélo, trop occupés à discuter de convention collective pour me remarquer. Rasséréné, j'ai pressé le pas, tout à mes pensées esthétiques : tant qu'à revêtir le camouflage urbain, je pourrais me faire percer et tatouer du même élan. J'envisageais une larme en forme de diamant avec un faux diamant dedans quand un éclair de génie m'a foudroyé.

Tout le monde ralentit à la vue d'un accidenté, mais tout le monde accélère dès qu'il demande de l'aide. Le moyen le plus sûr d'être ignoré, c'est d'avoir besoin des autres.

Coin Ontario et Plessis, la révélation prenait les traits du plus insignifiant des punks anonymes. La face grevée par l'acné et la crasse, un jeune squeegee rejeté par tous les conducteurs qu'il haranguait me révélait ma destinée. Je devais devenir punk. Un punk de Montréal, l'espèce la plus anonyme de citoyens du fond de la lie sociale. Les marginalisés de la marge, sans identité ni comptes à rendre, ou à payer.

Évidemment, ça impliquait de me teindre les cheveux, couvrir mes sublimes tatouages de barbouillages anarchistes et me terrer dans la métropole, même si je ne maîtrise pas l'anglais, la langue officielle. J'allais m'adapter et disparaître dans la masse pendant qu'on me chercherait en région, dans ma ville natale ou dans les villages où j'ai sévi. Bon plan !

J'ai approché le pas-bon, je lui ai offert dix dollars pour son aide. Y en a qui l'ont pas facile, d'autres qui l'ont pas pantoute. Lui était digne du plus grand désintérêt. Rebondissant au fond de sa pupille, tournoyant dans les méandres de son iris, chaque mécanisme de sa réflexion se lisait dans son regard. En descendant un peu, on aurait pu la voir par sa bouche entrouverte, mais une langue pâteuse en bloquait l'entrée. Tilt ! Il a compris que j'étais sérieux et que je lui offrais le portrait de John Macdonald sur fond mauve. Pour dix dollars, y a pas grand-chose qu'il ne ferait pas. *Wow, dix piasses, man...* On était en affaires.

Il a commencé par se présenter, son surnom m'a fait rire, c'était cool et original. Ça m'a inspiré le mien, un flash, comme ça. Il l'a trouvé excellent et s'est mis à l'utiliser avec déférence. Je tenais une nouvelle ressource humaine. Malgré son regard hébété de prof d'arts plastiques surpris à se crosser en feuilletant un album de finissants, il pourrait être utile. Vulnérable, potentiellement violent et influençable, Goofy me plaisait déjà.

⁎

Sans entrer dans les détails, je lui ai expliqué que je voulais vivre dans la rue et obtenir l'adresse d'un tatoueur bon marché. À voir l'irrégularité des traits du tribal dépassant de son t-shirt élimé, je devinais qu'il en connaissait un très bon marché. *C'est la grosse Totoche qu'y te faut !* J'ai respecté son diagnostic et je l'ai suivi. *C'est pas loin, Totoche squatte l'appart d'un triso dans l'est, viens-t'en !*

Il faut préciser que la psychiatrie est une microsociété qui baigne dans sa propre culture. Certaines cultures favorisent l'hygiène plus que d'autres. J'étais sale, poilu et barbu. La métamorphose en punk ne serait pas une transformation extrême, à proprement parler.

On s'est arrêtés à la pharmacie, c'était sur notre route. Fallait y voler une teinture de qualité. Mon contractuel m'a convaincu qu'il serait facile de me faire une crête sur la tête, un magnifique mohawk adapté aux codes rigides des marginaux sans foi ni loi. *T'as une estie de touffe pour ça mon gars, on va te la tailler en mode apache. Totoche doit avoir un clipper.*

On s'est arrêtés à la pharmacie, c'était sur notre route. L'autre sorte de pharmacie, celle de Caillou Lapierre, revendeur de roches, de cocottes, de jus et autres médications autoadministrables. Caillou était l'homme à connaître, plus incontournable qu'un obèse morbide dans un corridor : il avait de tout, ou le trouvait en vitesse, commission en sus.

L'appartement était si sale qu'on se serait cru dans ma tête. Une demi-douzaine de toxicos se partageaient le tapis gris, tiraient sur une pipe en verre tandis qu'une ado ravagée ronflait sur le sofa. Sur son épaule, un iguane somnolait. J'ai eu envie de pincer le reptile ou de planter quelque chose dans son œil, juste pour voir. Les lézards réagissent peu à la souffrance, je le prends comme un défi personnel. Mais là, trop de témoins m'empêchaient d'éprouver la résistance de l'animal. Tant pis.

Mon G.O. a investi ses dix dollars dans quatre comprimés orangés réputés pour stimuler le système nerveux central. *Ça, c'est le real shit*, ce qui constituait une évaluation fort positive du produit en question. J'en ai acheté douze, avec du miel d'ange, deux grammes de weed et un dernier de cocaïne. Je prévoyais me rendre à la fin de la semaine avec cette réserve, trop heureux de renouer avec mes vieilles habitudes, de réinvestir ma passion pour les substances psychoactives. J'étais ému, j'aurais fait un câlin à Caillou, mais il était peu réceptif. *Voyons donc, tabarnak, j'te connais même pas !* Je me suis excusé et on a poursuivi notre quête.

*

C'est rouge longtemps en calvaire, ton affaire. La voix de mon nouvel employé creusait sa route avec peine, captive de ses mâchoires serrées. Aussi buzzé que lui, les pupilles tellement dilatées qu'elles étaient sur le point d'éclipser l'iris, je m'observais dans le miroir. Dans le même reflet, derrière moi, mon subalterne me répétait que j'étais un peu monochrome. De son côté, la grosse Totoche, un jeune Mexicain introverti affublé d'un drôle de surnom, m'assurait plutôt que j'avais du style. *Si si, yé connais le style, mano, je suis fucking latino des deux bords. No problema avec le rouge, mano, c'est la mode !*

La grosse Totoche me confortait dans ma première impression : la meilleure couleur pour un roux, c'est le rouge. Mon mohawk flashait sur dix pouces, spiké à la fourchette, maintenu en l'air par des blancs d'œufs battus. Surtout, sous cette sublime crête digne des coqs de compétition se déployait mon nouveau tatouage : une cible écarlate au milieu du front. Bang ! Trois cercles concentriques autour d'une croix. Je me serais donné un certificat Méritas si j'en avais eu un sous la main. Avoir un tatouage dans le front, comme les mara salvatruchas cubains, c'était une idée de génie ! Ça intimiderait les passants et détournerait leur attention de mon visage, si ma nouvelle coupe n'y suffisait pas. Et la rue me prendrait au sérieux, y a que les vrais de vrais qui se font tatouer la face.

Pour bien brouiller les cartes, Totoche a modifié les autres œuvres me couvrant l'épiderme. Mon signe chinois enflammé est devenu une tête de mort, et l'anagramme d'Édith, immortalisé sur mon avant-bras, s'est changé en tribal confus mais transcendant, très art contemporain. Le samouraï ornant mon dos est demeuré intact, je n'allais pas arpenter la ville en bedaine non plus, quand même ! Avec les deux épingles à couches piquées dans mes sourcils en plus de celle dans la narine, on aurait juré que j'étais punk depuis le berceau.

Après un dernier joint enrichi de poudrasse en leur compagnie, j'ai payé l'artiste, remercié le complice devenu désuet et entamé ma *street life*. Je n'avais plus un dollar en poche, mais j'avais du style, de la drogue et la liberté. C'est plus que le bonheur en demande.

*

La soirée s'annonçait plus chaude que les braises d'un bordel incendié. J'étais serein, toujours seul, mais déjà moins. Le champ des possibles venait de gagner quelques acres. J'étais dehors, ma mère aussi. Je la retrouverais d'abord, puis récupérerais la garde de mon fils. Et qui sait, peut-être même l'amour d'Édith.

Convaincu de l'efficacité de mon déguisement, j'ai marché pendant des heures sans savoir où aller, mais y allant avec détermination. Je voulais vivre, bouger, savourer ma délivrance, complètement exalté par la liberté. Et plusieurs grammes de drogue.

J'ai réussi à me quêter une poignée de change à la sortie d'une SAQ. Mon camouflage urbain fonctionnait à merveille, personne n'osait me regarder dans les yeux, soit les passants m'ignoraient, soit ils fixaient le tatouage tuméfié ou la crête rouge le surplombant. À onze heures moins cinq, je suis entré m'acheter un demi-litre de rouge. J'avais de quoi célébrer. Échappé, renommé, tatoué, percé et teint en une seule journée ; Houdini pouvait aller se rhabiller, c'était moi, le roi de l'évasion !

*

Être sans-abri en juin, ça reste plus facile qu'être itinérant en décembre. On dira ce qu'on voudra, les vagabonds de Kuujjuaq ont plus de mérite que ceux de Cancun. Personnellement, c'est une carrière qui m'interpelle peu, l'itinérance, mais pour les besoins de ma cavale, je me doutais bien qu'il me faudrait goûter à la rue, comme Kenny West. Ça m'inspirait déjà un refrain : *La ruse est raide dans la rue, fuck yeah, dans la rue faut ruser raide, braaah, you will dead, fuck yeah !* Fuck yeah, c'était de l'excellente poésie urbaine, ça !

En attendant de transmuter mes fines observations en couplets, je philosophais. À force de repousser ses limites, on se recule dessus, on se piétine et on se méprise. On recule encore plus loin pour se faire croire que c'est pas si mal, on se piétine de plus belle, jusqu'au bout de la marde, quelque part près d'Ontario et Papineau. Épicentre des crosseurs, masseuses, vendeurs, acheteuses, loueurs, suceuses, et tout ce beau monde plus ou moins fourré, souvent fucké.

Ma première nuit dehors, je tenais à la passer dehors. Pas question d'aller m'enfermer dans un refuge ou un squat. Depuis le temps que je rêvais d'avoir les pieds sur le trottoir, j'allais pas me priver. Les rues étaient bondées d'insignifiants, je me suis faufilé parmi eux et j'ai exécuté mon repérage : les dépanneurs où voler, les spots où pisser. J'élargissais mon périmètre, les mollets épuisés, les talons défoncés, quand j'ai vu ce que je devais voir.

L'important, quand on va nulle part, c'est de savoir s'arrêter. Alors que je suivais un petit cul bombé sous le nylon distendu d'un legging parfaitement trop ajusté, l'oasis m'est apparue. Une immense bibliothèque se dressait devant moi, la bibliothèque nationale. C'était écrit, en grosses lettres de bronze payées par les contribuables qui n'y mettront jamais les pieds : Bibliothèque et Archives nationales du Québec. Ému, j'ai aussitôt abandonné l'attraction des muscles fessiers pour aller me river le nez dans la porte vitrée de ce havre littéraire. C'était fermé, mais ouvrirait dans quelques heures. Et ce le serait à longueur de semaine. J'avais trouvé ma planque, la BANQ. Des livres, des cubicules où m'isoler, des livres, des toilettes où consommer, des livres, des étudiantes à reluquer, des livres, des ordinateurs pour retrouver la trace de ma mère, des archives, des bandes dessinées et encore des livres, tout ce dont j'avais besoin. C'était un signe ! La vie me semblait si belle que je ne la reconnaissais pas.

*

Heureux comme un poisson dans l'eau, ou un pédophile dans une piscine publique, j'ai repris ma route. De l'autre côté de la rue, le terminus d'autobus me paraissait exotique. Je suis allé à la toilette, me faire une ligne toute coquette, un soupçon de cocaïne, trente fois rien, juste de quoi rester éveillé. À la sortie, un modeste attroupement d'immigrants illégaux, ou en voie de le devenir, partageaient leur poésie. Compte tenu de l'utilisation soutenue des termes « bouzin », « mothafucka » et « dope », j'ai compris que s'exprimait une relève prometteuse. Je me suis mêlé à eux.

J'ai engagé un concours de freestyle contre le plus vieux des Haïtiens, un grand Black baraqué de quatorze ans. J'étais en feu, j'ai gagné haut la main, même si personne n'était d'accord. Un des comparses m'a traité de punk. Malgré les apparences, c'était le mot de trop. J'ai voulu lui signifier mon irritation d'un coup de poing au visage, mais c'étaient tous des cousins de Jean Pascal. Et *pif*, et *paf*, et *boum* !

Heille ! C'est assez, lâchez-le ! Je me suis redressé rapidement, à peine éreinté, j'ai l'habitude des rencontres délicates. Je m'apprêtais à remercier mon bon samaritain quand la couleur de l'uniforme m'a frappé, plus durement que les Noirs. Un policier, avec une barbichette en plus, les pires. *Ça va, t'es OK ?* Il essayait de m'amadouer, le gros sale. *Oui, oui, faut que j'y aille, j'suis pressé.* Il a souri. *T'as rendez-vous à deux heures et demie du matin ? Avec un dealer ou un comptable ?* Il me tenait par le bras, ferme, j'essayais de me dégager, en vain. *Je vais rejoindre ma sœur, c'est elle qui m'héberge.* Haussement circonspect du sourcil droit, mon agent peinait à se laisser convaincre. *On t'a jamais vu dans le coin, c'est quoi ton nom, tu viens d'où ?* Avec la vivacité d'esprit d'un coureur automobile, j'ai décliné une fausse identité et je me suis déclaré fraîchement débarqué de Rimouski. Le constable a affiché son faciès le plus satisfait. *Les crevettes du bas du fleuve sont arrivées !* J'ai haussé les épaules. *J'sais pas, je préfère le steak.* Il m'a lâché. *C'est ça, va rejoindre les autres punks saisonniers, pis arrange-toi pour éviter d'être battu, on sera pas toujours là.*

Soulagé, conforté par l'efficacité de mon stratagème, je suis reparti sans me presser, fier d'avoir berné un policier, mais blessé d'avoir été agressé par des confrères hip-hop. L'habit ne fait pas le moine, merde ! Malgré mon accoutrement, ils auraient dû voir que je suis un rappeur professionnel. Rien pour les empêcher de me battre en gang, déployant une déloyauté digne de Caïn, l'assassin, pas le band. Mais je n'allais pas me laisser décourager par le manque de solidarité de ces kids, au contraire. Ce qui est bien avec les coups de couteau dans le dos, c'est que ça donne de l'élan.

J'ai eu une pensée pour Simon, il a dû se sentir un peu trahi lui aussi quand je l'ai poussé dans la rue. On a rarement ce qu'on mérite, même quand on mérite le pire. Les soirs d'amertume, je me console en me rappelant qu'on est tous l'ostie-de-chien-sale-qui-mérite-une-mort-lente de quelqu'un d'autre. Personne n'est parfait.

*

Fallait me poser, trouver un coin tranquille, à la belle étoile, pour traverser la nuit et éviter la flicaille. D'habitude, l'humain est un être d'habitudes, c'est documenté. Je suis retourné sur la rue Ontario dans l'espoir de retrouver mon pote punk ou une planque nocturne. J'étais aux aguets. On dit que la nuit porte conseil, mais dans ce quartier-là, elle porte un couteau et des mauvaises intentions.

La faune avait changé, et on y fumait une flore de qualité. Plein de troupeaux différents occupaient le champ de ma vision, chacun portant ses effluves propres, ou pas. À la sortie d'un bar, des vieux de mon âge se frenchaient des airs de jeunesse, fumaient, riaient comme si la vie était belle. Plus réaliste, un trio d'alcooliques se partageait des mégots autour d'un chien décharné. Chien qui s'est mis à pleurer quand ceux d'un autre punk se sont mis à japper. Les imbibés ont engueulé le punk, qui ne s'est pas laissé impressionner. Plus loin encore, dans un débat animé, des putes discutaient de leurs stratégies de commercialisation. Faut bien qu'une femme se défende, comme dirait l'autre.

T'as pas d'affaire icitte, vieille pute scrap, c'est le coin des trans ! La petite Asiatique avait une voix grave, même graveleuse. Il m'a fallu trois secondes pour déduire qu'elle trimbalait un pénis, malgré sa poitrine volumineuse. La vraie madame, moins confuse mais plus maganée, lui a répondu avec un certain aplomb. *T'es mieux de fermer ta gueule, mon estie de charogne désaxée, ou m'as compléter ton opération à mains nues, moé !* L'aspirante hermaphrodite à saveur orientale s'est rangée derrière les arguments de son aînée et a trottiné quelques mètres plus loin.

Maître absolu de son coin de trottoir, la maîtresse au rabais offrait maintenant ses sourires à toutes les voitures daignant ralentir. La vie lui avait passé sur le corps, en surcharge, avec des pneus cloutés, aller-retour. Une vraie pute de rue, avec les fissures et le vécu des infrastructures vétustes de la métropole. Comme le stade, il aurait fallu la couvrir, la réparer, l'aimer un peu. Mais il était trop tard, elle ne s'aimerait plus jamais elle-même. Fallait la garder intoxiquée, ce serait trop souffrant de la laisser dégeler. Des engelures plein le cœur et la tête perforée de l'intérieur, c'est la dope qui la tenait debout, et à genoux. C'est fort, la dope. Surtout sur la rue Ontario.

*

Adossé à la brique d'un restaurant de déjeuners, tapi dans l'ombre de l'entrée, j'observais sa routine. En safari urbain, j'analysais les comportements de l'animal sauvage. Les œillades aux passants, les regards nerveux aux patrouilleurs, les lampées du flacon à la sauvette. Stéréotypée, commune et extraordinaire. Bien que la raison m'échappe, je me reconnaissais en elle.

Je dois l'admettre, la vieille pute me fascinait. Droite et détruite à la fois, elle irradiait la beauté des granges désaffectées, celles qu'on photographie en noir et blanc. Mais colorée, elle était resplendissante et ravagée. Les putes s'usent plus vite que les femmes bénévoles. À force de vendre son cul, on n'arrive plus à racheter son âge. Les crèmes n'y peuvent rien. Le temps passé sur le trottoir finit par rentrer dans le corps, comme un pénis d'inconnu, sans ménagement. Les aléas du métier.

L'atmosphère électrique de cette nuit d'été s'estompait, le passage des piétons, même des cocottes en leggings, me laissait indifférent désormais. Mon regard s'attardait sur la femme dans la pute. Car femme il y avait. Plus je scrutais son visage, plus j'avais l'impression de la connaître, de la reconnaître. Elle me ressemblait, au fond. Une battante, mille fois déçue mais vaillante, encore là, toujours debout dans la tourmente, noble et incomprise. Un petit peu rousse aussi.

Comme j'avais envie d'elle, en douceur. Je désirais poser ma tête sur ce qui lui restait de poitrine, la serrer dans mes bras, la laisser me caresser le dos, l'embrasser fraternellement et lui répéter que tout irait bien : *Oui, tout ira bien.* J'allais sortir de l'ombre, la rejoindre et lui offrir un joint, une gorgée de vin, un câlin, tout ce qu'elle pourrait vouloir, mais une Tiburon aux vitres teintées m'a damé le pion. Sans même négocier à la fenêtre comme dans les documentaires, elle s'est glissée dans la voiture et ils ont filé vers l'est, me laissant derrière. Le cœur chaviré, en vain, je tendais la main.

Rien de pur dans ce monde ; même les forêts vierges sont pleines de bibittes. Sans ami, sans amour, est-ce que la vie a du sens ? Se poser la question, c'est un peu éviter d'y répondre. Méchant down, je me préparais une flamboyante dépression. J'aurais aimé m'éjecter de ma tête, mais ce n'était plus le temps de fuir, je devais affronter mon destin, et lui casser la gueule.

Par où commencer ? Ma liste de vengeances était trop costaude pour espérer en venir à bout avant d'être repéré par la police. Édith et mon fils doivent vivre sous un programme de protection des témoins. Et personne pour me consoler, me conseiller, même la mystérieuse putain magnétique m'a glissé entre les doigts.

Tout à coup, j'ignore pourquoi, alors que mon esprit s'attardait à l'absence de cette pute, j'ai eu une pensée pour ma mère. Maman était tout près, je le sentais dans mes tripes. Je devais découvrir où elle habitait, retrouver sa ville, sa rue et le sens de ma vie. Fuck mon fils, fuck mon ex, fuck mes vendettas et fuck le vide. Je m'occuperais de ces détails existentiels plus tard. Pour le moment, il me fallait trouver l'amour, le seul capable de me réconcilier avec la vie, de me combler sur tous les plans, autant intellectuel et sexuel qu'affectif : j'allais retrouver ma mère. Définitivement.

4
La charité

Au contraire de ce qu'on pourrait croire, Émilie Gamelin n'était pas une crackhead qui se vendait le cul pour payer sa roche. C'était une bienheureuse, la fondatrice d'une clique de religieuses fort prospère à son époque. Assez pour que la matriarche puisse léguer son nom au parc le plus cool de la métropole. Le parc Émilie-Gamelin, c'est *the place to be* quand t'as une place nulle part ailleurs.

Dès l'aurore, ça grouillait de partout, de tout ce que la nuit avait recraché sur les trottoirs de la ville. Des obsédés inassouvis, des affamés tellement désillusionnés qu'ils démembreraient des anges pour se faire un buffet d'ailes piquantes. Chacun avait quelque chose à vendre, souvent soi-même, pour acheter ce que l'autre avait à revendre. Que ce soit pour une dernière dose avant de se crasher ou une première shot pour commencer la journée, l'aube fédérait les accros de tout acabit.

Un dépendant, c'est un animal piégé. Mais plutôt que de se gruger la patte pour se libérer, il lèche le collet qui l'emprisonne. La tête me tournait à essayer de suivre le manège des arnaques et autres transactions. La toxicomanie est une passion exigeante.

Je suis resté assis là des heures durant à fumer des cigarettes, à refuser les sandwichs des intervenants, à me demander si la police me cherchait activement. Si elle me cherchait, elle ne me reconnaissait pas. Les policiers à vélo, sympathiques pédales armées, traversaient le parc sans s'attarder à mon cas. Ils se concentraient sur les agressifs. Moi, j'étais plutôt en perte d'énergie. Comme l'Arctique, je dégelais à vue d'œil. J'étais moins embrouillé par la médication, tant mieux, mais je perdais aussi le confort de l'ivresse, tant pis.

Deux intervenants et un jésuite bénévole sont venus à tour de rôle m'offrir leur écoute. Ils rôdaient d'un désespéré à l'autre, en toute grossièreté. Ils pouvaient se décarcasser la bonne volonté tant qu'ils voulaient, je n'y croyais pas. Personne n'est désintéressé et je refusais de les laisser faire leur profit sur mon dos. C'est peut-être des préjugés. Les prêtres ne sont pas tous des agresseurs et les Italiens ne sont pas tous des mafieux. N'empêche, les prêtres italiens sont particulièrement suspects. Surtout ceux qui s'impliquent dans le hockey pee-wee, les scouts ou une autre association professionnelle de pédophilie. Défroqués ou pas, les curés de la charité ne m'inspirent pas confiance. Un travailleur social, c'est un prédateur comme tout le monde, mieux déguisé et plus sournois, c'est tout. Personne ne fait rien pour rien pour personne.

Je n'avais besoin d'aucun professionnel pour me mettre en action, ni d'un plan d'intervention, d'un aidant ou d'un curé. Dans la vie, tu peux voir le verre à moitié vide, à moitié plein, te lever pour aller le remplir ou le briser et t'ouvrir les veines avec. On a toujours le choix.

Enfin, l'heure est venue, ma bibliothèque nationale allait ouvrir. Je me suis replacé la crête et j'ai traîné ma dépouille de nuit blanche jusqu'au saint sépulcre. Relire du vieux Bukowski me remettrait les idées en place, ou ses célèbres nymphettes me les changeraient.

*

En première page ! Ma grosse face couvrait les deux tiers du *Journal de Montréal*. J'étais abasourdi, j'aurais pu m'évanouir sur la table de la bibliothèque. Je m'y suis assis, plutôt. *Un dangereux meurtrier s'évade de Pinel*, en lettres rouges, énormes. *Sommes-nous en sécurité ?* De la même couleur, mais en sous-titre, juste en dessous. C'est ce qu'on appelle obtenir ses lettres de noblesse.

Je me voyais déjà porté sur grand écran, célèbre et célébré. Empreint de sagesse, j'essayais de rester humble, mais c'était tellement valorisant. Sauf pour la photographie, elle datait un peu. J'étais jeune, maigre, chevelu, fraîchement piqué et tabassé par les agents de Pinel. J'avais l'air fou. Irrité sur le coup, je me suis consolé, ça me ressemblait si peu que personne ne pourrait m'identifier grâce à cette photo. Ni celles de mes tatouages, ils étaient déjà modifiés. Bravissimo à moi !

L'article était élogieux, on me proclamait très dangereux et imprévisible. On revenait sur mes faits d'armes, mes frasques et fredaines, mes méthodes opératoires, appelées *modus operandi* pour le lectorat latino. On étalait les détails de mon évasion. Marcel s'en remettrait, Jamal aussi, dommage. Mais leur syndicat ferait encore des pressions pour dénoncer leurs conditions de travail, et blablabla. Ils n'en manquent pas une, les communistes.

À la toute fin de l'article, j'étais hilare d'apprendre qu'on avait capturé Simon, mon redoutable complice. Après moins de dix heures de liberté, il avait été repris en début de soirée, en sanglots, les genoux en sang sur les marches de l'oratoire Saint-Joseph. Sacré Simon !

*

La bibliothèque s'était gorgée de populace dès l'ouverture, c'était beau à voir. Surtout les écolières en uniforme, mignons bourgeons de bourgeoises. Le bas au genou et la jupe à la fesse, elles humaient bon l'érotisme juvénile. Les expérimentées du cégep aussi y étaient, et des madames de tous genres, je ne savais plus où donner de la tête. Une sportive en legging sur la pointe des pieds, une secrétaire en bas résille en pleine recherche sur la rangée du bas, même une employée grassette qui tire la langue au-dessus de la buvette, c'est de la grosse émotion sous la braguette pour un détenu en cavale, violent sur la rétine.

Je devais me soulager l'intimité dans les toilettes publiques, quatre à cinq fois par jour. Que les femmes sont belles !

Feuillage au milieu des roses, la bibliothèque foisonnait d'étudiants en art, à la dizaine, qui feuilletaient les beaux livres massifs de *consultation sur place*. On fait tout un cas de Riopelle, mais faut s'entendre ; question pochoir et graffiti, on a vu mieux depuis. Moi, j'aimais bien consulter les vieux peintres français, surtout la clique à Picasso et les autres immigrés. Ils avaient du talent, ne partageaient pas que l'amour de l'absinthe. Surtout Degas, le gars se défonçait en permanence, souffrait de syphilis et traînait aux danseuses, mais ça ne l'a pas empêché de faire reconnaître son art.

Parlant de vieilles choses, plein de retraités arpentaient les rayons aussi. Des têtes blanches qui tentaient d'égarer leur solitude dans les pages des grands classiques. Et pour compléter le tableau, beaucoup d'ethnies, mais c'est toujours comme ça quand tu offres un service gratuit.

*

J'avais beau formuler et reformuler le nom et les initiales de maman, aucun site internet ne me révélait son adresse. Ça aurait été trop facile. Et si j'avais trouvé, j'aurais risqué de retomber sur une impertinente comme la folle de Sherbrooke. Ma noble quête ne faisait que commencer, je trouverais bien le moyen de débusquer maman en temps et lieu.

En attendant, j'allais d'un étage à l'autre à la recherche des journaux, curieux de m'y retrouver. Rien dans *Le Devoir*, évidemment : à part les délires fouriéristes de Québec solidaire, ils ne couvrent pas grand-chose. J'ai poursuivi mes recherches. *La Presse* me reléguait à la seizième page, mais pour un journal d'intellectuels anglophiles, c'était déjà bon. Et la journaliste s'attardait sur un aspect crucial de mon accablant dossier : l'absence de photos récentes, de fiches signalétiques et de fichiers ADN.

Le reportage mettait en perspective les lacunes d'un système qui permet de déjudiciariser les processus d'identification des individus reconnus criminellement non responsables. Appendice de l'article 16, l'individu non criminellement responsable de ses actes ne peut être fiché comme criminel. Et j'étais un cas type.

Sans ces informations, ma capture se révélerait plus ardue et, surtout, dans l'éventualité d'une récidive violente, on pourrait passer à côté d'un rapprochement génétique. Là où ma situation devenait particulièrement intéressante, c'est que j'avais justement fait l'objet d'une condamnation au criminel et qu'on aurait dû prélever mon ADN pendant mon incarcération en pénitencier. À cause des lenteurs administratives, voire du laxisme des fonctionnaires, ce précieux prélèvement n'avait jamais eu lieu. Ma recapture en était compromise. *Et si l'évadé de Pinel commettait un autre crime, nous pourrions avoir droit à un scandale politique d'envergure.*

Ah ! Mais je commettrai, ma belle, prépare l'envergure, je commettrai ! Emporté par l'excitation, j'ai chuchoté à voix haute. Deux croulants et un étudiant en histoire de l'art me dévisageaient. Il m'a suffi de grogner pour les renvoyer à leurs bouquins. Si un honnête homme ne peut plus s'enthousiasmer en paix, où va le monde ?

*

Je devais reprendre mes esprits, et mon souffle. Comment optimiser ma nouvelle popularité, exploiter cette visibilité sans me faire arrêter ? Vertigineuse, la célébrité peut poser problème à un homme devant opérer dans l'anonymat. J'avais le charme de Ted Bundy, ça pouvait me servir, mais je ne voulais pas me faire rattraper comme un con, comme lui. S'évader c'est une chose, rester dehors en est une autre.

J'ai découpé les articles, fébrile. Je ne pensais pas avoir un tel impact médiatique aussi rapidement, c'était grisant. Atteindre le sommet, c'est admirable. L'atteindre en faisant un détour par les bas-fonds l'est plus encore. J'étais un peu fan de moi, je dois l'admettre. Mais pour l'instant, je devais jouer profil bas, apprivoiser mon nouveau territoire et profiter de la liberté.

*

Un agent de sécurité m'a tiré du sommeil et de la flaque de bave dans laquelle ma tête reposait. Le corps était resté tendu, j'avais fait le cauchemar prémonitoire de ne plus me réveiller. Depuis combien d'heures je dormais là, affalé sur cette table? Dur à dire, mais assez pour dégriser complètement et m'ankyloser. J'ai failli chuter en me redressant. Mon équilibre se précarisait, victime de mes muscles endoloris et du sevrage de médication. C'est plus que du bonbon, ce qu'ils donnent à Pinel. Aussi blême que Red Ketchup, je devais gober quelques speeds, fumer deux grammes et boire un verre à la bouteille, ça urgeait.

L'agent m'a escorté jusqu'à la porte, trop heureux de m'évincer. Mon quadrillage de la bibliothèque m'a permis de constater la présence permanente d'une dizaine de gardiens de sécurité sur la totalité des quatre étages de l'établissement et des deux étages du stationnement souterrain. Peu, pour couvrir un immeuble de cette taille, surtout si on tient compte de leur gabarit et de leur armement: des carencés du gymnase équipés de walkies-talkies. Même pas de véritables recalés de Nicolet récupérés par Garda. Tolérants en plus, ils n'évacuaient les itinérants et autres marginaux qu'en cas d'odeurs insupportables, de grabuge ou de ronflements, mon cas. À la lumière de ces éléments, je me félicitais d'avoir repéré l'édifice dès mes premières heures de cavale, et je me suis laissé escorter avec la ferme intention d'y revenir plus tôt que tard.

*

Le plus profitable dans l'achat d'une bouteille d'alcool, c'est l'occasion d'en voler une autre. Avec deux litres de vinasse, je pouvais envisager la fin de journée avec sérénité. J'ai abandonné mon spot de quête devant la société des alcools et je suis allé m'évacher au parc pour profiter du soleil qui se couchait entre les buildings. Je savourais la brunante quand une brunette à la repousse verte m'a abordé. *C'est quoi ton nom ?* Avenante. *Pas de tes affaires. Toi ?* Elle a planté son regard dans le mien, comme on plante un drapeau américain en territoire conquis. *Bébette, pis j'ai soif.* Rien de tel qu'une femme qui sait ce qu'elle veut, surtout quand elle veut la même chose que moi.

La punkette avait le look plus convenu qu'un soldat en uniforme : Docs dix-huit trous, collants déchirés, t-shirt des Ramones sous une veste couverte de badges mal cousus et une touffe de cheveux à la teinture éprouvée. Mais elle avait une belle face et du relief dans le chandail, ses seins me faisaient des promesses que ma patience ne saurait tenir. Je l'ai laissée s'asseoir à ma droite.

Je lui ai tendu le sac brun, elle s'est envoyé la bouteille avec élan. *Calme-toi, Marguerite Duras, faut étirer le plaisir.* Elle s'est essuyé les lèvres sur sa veste. *Marguerite qui ?* J'ai bu une lampée. *Laisse faire, je lis trop… On utilise pas assez le mot lampée, as-tu remarqué ?* Elle a souri. *Lampée ? Calvaire, mets-en que tu lis trop. Repasse-moi ça !*

Laisser une femme boire, c'est investir dans l'avenir. J'ai débouché la seconde bouteille tandis qu'elle répétait son lénifiant discours révolutionnaire, s'insurgeait contre les multinationales, les pétrolières, menaçant de tout faire péter. Elle me citait du Norman Chomsky et du Baillargeon à tour de bras. Elle y croyait, à sa bouillie utopiste assaisonnée à la lutte des classes. Une punk avec des velléités de révolution, c'est aussi inoffensif qu'un gauchiste diplômé en sciences humaines. Je l'ai laissée délirer, lui proposant même de l'accompagner à la prochaine manif. On redéfaisait le monde entre deux gorgées.

Déployant un remarquable sens de l'initiative, Bébette m'a proposé d'aller fourrer, en utilisant le verbe *fourrer*, ce qui m'a paru prometteur. Renforcement positif bien mérité, je lui ai offert la dernière gorgée de piquette. *Je suis prêt, on vient où ?* Sourde à son propre argumentaire écologiste, elle a balancé la bouteille sous un arbuste et m'a invité à la suivre, elle avait une place de luxe pour faire ça. Et ça aussi.

*

On devait passer près d'Ontario de toute façon, j'ai demandé à Bébette de faire un détour dans le coin de Papineau. Pourquoi je voulais revoir la vieille pute ? Aucune idée, sinon des mauvaises. Surtout que j'avais une punkette potable qui m'offrait sa ferme vingtaine, j'aurais dû courir à la baise sans attendre. Mais le magnétisme, ça ne se contrôle pas, et je voulais voir si la péripatéticienne le ressentait aussi, si son regard croiserait le mien, s'y enfargerait. Bébette m'a dit qu'elle s'appelait Maple, *Miss Maple*, l'expérimentée du quartier. Une femme aussi irritable qu'irritée, instable à l'excès. D'ailleurs, Bébette m'a prévenu : *Elle a le tempérament plus explosif que le centre-ville de Mégantic.*

Bébette ne comprenait pas plus que moi ce que je pouvais lui vouloir, mais il y a des forces d'attraction plus fortes que nous, relevant de l'inexorable, des liens karmiques ou de la déviance sexuelle, on n'y peut rien. C'est comme ça.

Une cigarette plus tard, Bébette s'impatientait, fallait que ça se passe là, sinon ça ne se passerait pas. Elle me tirait le diable par la queue. Je lui ai emboîté le pas et suivi le corps, j'y avais laissé couler près d'un litre de bon vin, je n'allais pas perdre mon investissement. On a remonté vers le nord, sur de Lorimier. On se réchauffait avec des coups de langue, des doigts curieux, on s'arrêtait pour se promettre de grosses affaires sales. Elle me dévisageait, me serrait les couilles, me mordillait le pouce. Dans son regard concupiscent, je voyais qu'elle en avait vu d'autres. *Amène-toi, je veux de la queue !* La queue en question s'apprêtait à fendre de volontariat. Je l'ai suivie jusqu'à la porte ouvragée d'un immeuble en pierre, au coin de la rue Rachel. *Crisse, fille, t'as des moyens !*

Bébette s'est mise à genoux, j'ai cru qu'elle allait me sucer sur le balcon. Attente déçue, elle a tiré deux bobépines de sa poche et s'est appliquée à crocheter la serrure. Ma chaude lapine sortait un Arsène Lupin de son chapeau. Magnifique, elle escaladait les cimes de mon estime. *T'as toutes les qualités du monde, toi !*

Son visage aphrodisiaque s'est illuminé, elle a ouvert la porte en roulant du cul.

*

Certains font l'amour, d'autres baisent, d'autres fourrent et d'autres se masturbent à l'intérieur de leur partenaire. Tout est une question de relation avec l'autre. Ou pas. Moi, je ne savais plus où me situer, j'étais perdu, à la dérive, en détresse.

Je pleurais comme une fontaine de Trévi, les yeux plus mouillés que Vandal Vyxen. Ça coulait dans la face de Bébette, et sur le plancher. Est-ce que j'étais en train de virer fou, de développer un vrai trouble mental ? Incapable de fourrer davantage, j'étais coupé dans mon élan, couché sur Bébette, elle-même étendue sur le bois franc de ce grand appartement vide. Vide comme moi.

Toutes les femmes nues ne sont pas d'agréables découvertes, même qu'on enverrait certaines se recouvrir, mais Bébette était sublime. La plus belle femme bénévole que j'ai vue. Dans un appartement bien proportionné et tout aussi dénudé qu'elle, c'était trop de beauté. J'espérais tout, mais n'en demandais pas tant. Quand elle a laissé tomber sa veste puis sa jupe, retiré son t-shirt pour me révéler son corps dans la lumière des lampadaires, j'ai été estomaqué. On approchait du mystique. Ça m'a pogné dans les tripes, noué le cœur, elle relevait de la sculpture, cette fille-là !

Au milieu d'une pièce épurée, magnifiée par les lumières de la rue, elle touchait au surréalisme des statues, et je n'osais plus la toucher. Pas un tatouage, une cicatrice ou une vergeture pour trahir son humanité. Pas un mamelon qui louche pour gâcher le portrait, Bébette avait les seins aussi fermes que ses convictions politiques. Elle était splendide comme une photo retravaillée de top model retravaillé, mais pour vrai. Fallait me concentrer sur ce qu'on s'était promis, je devais la désacraliser au plus sacrant.

Gracieuse, Bébette s'est étendue sur le dos et sur le bois verni. Elle a écarté ses cuisses parfaites, posé ses doigts parfaits sur son sexe poilu. Peut-être un hommage à Frida Kahlo. Mais c'était parfait aussi, cette pilosité. Ça dissimulait à souhait, ajoutait la touche fauve à une beauté sauvage. J'ai quitté mes shorts sales, mes sous-vêtements plus sales encore et je me suis étendu sur cette femme comme un poème s'étend sur la page.

Quelques vers aux lèvres, je récitais pour elle. Les femmes adorent la poésie érotique au moment de passer à l'acte, c'est documenté dans une édition spéciale du *Châtelaine*. *Ton trou mignon me porte aux nues, aux nuées d'exaltation.* Pas fan de Prévert, elle a enfoncé sa langue dans ma bouche en plaquant son corps contre le mien.

Elle devait connaître la puissance de sa peau tendue, de sa troublante vénusté. Sans autres préliminaires, elle m'a empoigné la verge et m'a planté en elle : *Enwèye, enfonce-toi l'intello !* Je n'entendais plus à rire, je n'entendais plus à rien. Je flottais dans ma tête trop spacieuse, je m'égarais dans le désert de sa clavicule. Son sexe était chaud et doux, comme du velours mouillé, mais en mieux. J'avais une place à moi, enfin. Je m'y réfugiais tout entier, son vagin me prenait dans ses bras.

On a dansé un peu, mais Bébette voulait fourrer, elle, sans se préoccuper de la chair autour de l'os. *Enwèye, baise-moi !* J'étais à la fois en elle et à des milliers de kilomètres plus loin, nulle part. Et le regard déchiré, j'ai pleuré. Elle insistait du bassin, mais j'étais largué. Et j'ai sangloté. Je suffoquais.

Je peux te flatter le dos si t'as besoin, mais sors ta queue avant, c'est trop bizarre là. Entêté, j'ai voulu me concentrer sur la tâche, serrer les dents et baiser comme un homme, mais je braillais comme une fillette. C'est le genre d'affaires qu'on ne peut pas faire en même temps.

*

Au bout d'une heure, Bébette s'est tannée. Elle avait trop soif, constatait que mes valves ne se refermaient pas. Paraît que le corps est constitué à soixante-dix pour cent de larmes, je devais être sur le point de m'assécher. Et pourtant, sans savoir pourquoi, ni d'où ça venait, je coulais sans tarir. *Tu peux squatter pour la nuit si tu veux, y fait chaud pis j'ai envie de plein air, mais faut que tu partes avant huit heures demain, y font des visites des fois.* Elle avait le sens de l'hospitalité, Bébette.

Je l'ai regardée se rhabiller, c'était déjà ça. Le monde est tellement laid, sa beauté me rinçait l'œil. Nu, désarmé, en proie à l'émotion, je n'en menais pas large. Combien de temps a pu me passer sur le corps, je n'en ai aucune idée. Mais quand je me suis relevé, j'avais froid, et toute une fourmilière dans les jambes accompagnait ma solitude. C'est con comme émotion, ça, vu qu'on est toujours seul, de toute façon. Je l'étais trop à mon goût, planté devant le miroir ouvragé de la salle de bain. Les yeux rougis, je me dévisageais. On ne peut nier l'évidence ni renier sa propre face : j'étais vieux. Vieux et émotif. La vérité en plein front, mon tatouage cicatrisait plus vite que moi. Même les hommes au cœur de pierre en acier trempé ont des émotions. Pas de quoi en faire un drame ou me remettre en question. *L'important quand on va de l'avant, c'est de ne jamais reculer*, comme disait Gauvreau, le frère du défenestré.

J'ai pris une douche en ne chantant rien du tout, puis je me suis essuyé avec le rideau de la chambre des maîtres. Je devais reprendre mes esprits au plus vite, sortir de là, trouver de l'alcool ou retrouver Bébette, qu'elle me donne une deuxième chance. On avait vécu quelque chose, quand même.

5
La pondération

*

On the road, faut en revenir, Kérouac n'avait même pas de char. Anyway, comme il dirait dans son mauvais français, la fuite, même romancée, c'est moins romantique qu'un roman. Ça devient lourd, devoir trouver de la bouffe, de la dope, des spots pour dormir et d'autres pour aller chier. J'étais dans la rue depuis seulement deux jours, mais j'avais déjà fait le tour. La liberté, c'est déstructurant : faut se rappeler de manger, de dormir, on peut fumer n'importe quand. Je fumais trop. Je voulais passer à autre chose, me fixer ; l'itinérance, ça ne mène nulle part. J'envisageais de retrouver Bébette, lui offrir d'emménager ensemble, de fonder une famille ou un projet du genre.

Maple s'est fait débarquer au coin de Champlain. Je l'ai repérée de loin, j'arpentais Ontario depuis l'aurore, je fumais des botches, pratiquais mon rap. Avec du recul, je dois avouer que je l'espérais, c'est elle que je voulais revoir, c'est à elle que mon destin était lié.

Elle revenait à peine de faire sa nuit que se défaisait déjà le jour, en grands lambeaux de nuages gris et de bruine froide qui collent au corps. Louvoyant vers moi, Maple essayait d'allumer sa clope, les hauts talons de ses bottes roses à motif léopard rendaient son équilibre précaire. Elle était colorée de la tête au pied, mais surtout de la tête. Elle traînait une tignasse peroxydée tirant sur le jaune au bout de repousses grises et rousses s'étirant sur six pouces. Elle devait avoir quarante-neuf ans, mais en paraissait soixante-trois. On vieillit vite dans le milieu de la prostitution, c'est un métier physique, exigeant et documenté.

Un soleil triste se levait dans sa face affaissée, elle a sorti des lunettes rondes, grosses et fumées de son sac à main mauve et usé. Quelle classe, elle est passée devant moi sans même me jeter un regard, véritable diva de la rue. J'ai pris mon courage à deux mains pour l'interpeller poliment. *Yo, Maple !*

Comme un autobus sur un dix cennes, elle s'est retournée lentement, d'un index mal manucuré a abaissé ses lunettes, puis a planté son regard brun d'acier rouillé dans le mien. *Qu'est-ce tu me veux, toé ?* C'est vrai, ça, qu'est-ce que je lui voulais ? *As-tu une cigarette, s'te-plaît ?* Elle s'est avancée vers moi en tirant une grande bouffée de sa king size, m'a soufflé sa boucane dans la face. *Désolée, je fume pas !* Son visage à vingt-deux pouces du mien me bouleversait, elle me faisait encore plus d'effet que Bébette, mais autrement. J'étais retourné comme un bas sale. C'était un mystère à résoudre, cette pute-là, je devais comprendre pourquoi elle me faisait résonner l'âme à ce point. *Jeje veux tete dire… Quoi, ti-gars, tu veux me dire quoi ?* Le silence était plus palpable qu'une danseuse à la fin du mois. Ma pute allait repartir, fallait réagir. *Jeje veux te parler.* Son haleine est venue percuter mon visage. *Rhahaha !* Son rire gras me plaisait déjà. Elle m'a mis une main sur l'épaule, s'est approchée. *C'est ce qui demande le plus d'effort, mon ti-gars, parler. Va falloir que tu payes pour !*

*

Maman a dû lire le journal. Elle doit être inquiète, avec tout ce qu'ils ont écrit sur moi, une chiée de demi-vérités parsemée de mensonges complets. Et la violence policière, ça doit la préoccuper aussi, je pourrais être blessé lors de mon arrestation. Mais rien ne peut plus m'arrêter maintenant. J'ai retrouvé ma liberté et je retrouverai ma génitrice aussi, bientôt ou tard.

En attendant d'entamer les démarches de retrouvailles, j'essayais de trouver de l'argent pour Maple. Pour trente piastres, elle me garantissait une grosse demi-heure de jasette ou une pipe pas de dents. Je ne doutais pas de son expertise fellatoire, mais je ramassais des sous pour discuter, avec le pressentiment qu'elle en avait long à m'apprendre, comme un oracle ou une diseuse d'aventures. Cette femme détenait une vérité qui m'échappait encore. Elle avait dû lire tous les livres de croissance personnelle, elle dégageait tellement d'assurance.

Quand on quête, l'important c'est d'être piteux, de faire pitié, pas tant pour susciter la charité que pour éviter de la bloquer. Rien n'écœure plus le bon bourgeois pressé qu'un quêteux heureux. On a toujours besoin d'un plus nécessiteux que soi. Il faut lui offrir sa détresse, se placer bien en dessous de son contentement pour lui donner envie de laisser pleuvoir sa monnaie sur notre misère.

À l'instar des doigts de la main, c'est souvent le plus vulgaire qui sort du lot. Et la politesse, c'est un signe de faiblesse. Moi je suis sans merci, ni s'il vous plaît, pour personne. Faire pitié, d'accord, mais sans piler sur mon orgueil. *Donne-moé une piasse... Je le sais que t'en as, donne-moé du cash...* Même planté au pied d'un parcomètre, trente dollars de petit change, c'est long à ramasser. Surtout que midi arrivait et il fallait bien que je mange aussi. Je m'en voulais d'avoir dépensé tout mon magot, consommé toute ma dope en deux jours. Comme un gambler ou un sein mou, je rêvais de me refaire. Décidé à affirmer mon entrepreneuriat, je suis allé à la source, au milieu de la rue, pour cogner dans les fenêtres des automobilistes et leur brandir mon verre de carton sous le nez. *Come on, j'ai le cancer, donne-moi de quoi manger !*

Un gros cave dans un gros truck chromé de l'année, ça reste un gros cave. Le carrosse n'y change rien. Ça n'empêche pas les parvenus analphabètes de se prendre pour Cendrillon. Fallait voir celui-là me pousser en bas de son marchepied en me traitant de pauvre. *La richesse est à l'intérieur, connard, faut voir la vie avec les yeux du cœur !* Peu convaincu, il ne m'a rien donné. Ni la madame dans la Tercel derrière, ni l'ado dans la Corolla, ni le retraité dans le CRV et seulement un dollar de la cocotte dans la Jetta. Ça me donnait envie de jouer à la roulette américaine ; c'est comme la roulette russe, mais le barillet est plein et on tire dans le tas.

J'ai retenté le coup un coin de rue plus loin. Quarante-cinq cennes ! C'en était trop, la société refusait de m'aider, j'allais la voler. Et c'est tout. Je lui avais donné sa chance, qu'elle assume !

*

Je n'irais pas jusqu'à dire que je suis l'incarnation de la vertu ou la réincarnation de Robin des Bois, mais j'ai des valeurs. Quand vient le temps de commettre un crime, je tiens compte des paramètres moraux. J'aurais pu braquer un commerce équitable, une banque alimentaire ou une coopérative, mais j'ai choisi le Couche-Tard.

Tant qu'à s'attaquer au capitalisme, autant prendre d'assaut une multinationale digne de ce nom. Bébette approuverait. Non seulement Couche-Tard a réussi à faire fermer tous les petits dépanneurs, à quelques Chinois près, mais en plus ils vendent leurs propres cochonneries, de la sloche aux jujubes en passant par les hot-dogs. Des hot-dogs au dépanneur ! C'est un des signes de l'apocalypse, ça, non ? Même les itinérants en mangent pas, je me demande où ils peuvent trouver des boulimiques prêts à se gaver aux rognures de fond d'abattoir. En tout cas, j'allais me faire un devoir de condamner leur monopole hégémonique en allant soulager leur succursale du bas de la rue Saint-Denis. J'étais prêt à tout pour repartir les mains pleines, et meurtrir le néolibéralisme sauvage. Comme discourait Michel Chartrand, un syndiqué notoire: *Une bataille, ça se gagne pas avec des slogans pis des pancartes, crisse, faut que ça saigne à un moment donné!*

*

Avant tout, je devais me procurer un uniforme de travail. Comme je voulais encore me planquer dans le quartier, valait mieux opérer dans l'anonymat. D'autant plus que mon excellent camouflage urbain pouvait se retourner contre moi: une cible dans le front, ça se signale aisément.

La criminalité est une branche des affaires semblable aux autres. Il faut prendre des risques, développer son expertise et savoir réinvestir ses actifs intelligemment. J'ai rassemblé mes huit dollars et dix sous de monnaie et je me suis engouffré dans la première friperie sur mon chemin. Il n'y avait pas de cagoule disponible. Je reconnais que le mouvement zapatiste est peu actif dans la métropole, mais quand même, une cagoule devrait être un accessoire facile à trouver dans tout magasin qui se respecte! La madame a menacé d'appeler la police si je ne me calmais pas. Je me suis calmé. Vendeuse dans l'âme, elle m'a aidé à trouver une tuque assez ample pour en faire une cagoule. Orange fluo, elle s'arrêtait au milieu du menton, c'était pas l'idéal. Je l'ai prise quand même, avec un pantalon en corduroy et un t-shirt orné d'une blague sur les joueurs de golf. Il me restait encore deux dollars. *Chiching !*

*

Le petit canif trouvé dans la boîte à gants de l'Echo allait faire l'affaire. Les couteaux, c'est comme les pénis, ce n'est pas la grosseur qui compte, mais ce qu'on fait avec. L'adrénaline est un bon succédané des drogues stimulantes ; les mains moites, les nerfs tendus, j'étais survolté, aussi high que l'albatros de Baudelaire. Dans les toilettes de la bibliothèque, j'achevais d'écraser mon mohawk déjà défraîchi pour mieux enfiler ma cagoule. Changé, coiffé et déterminé, je me suis élancé vers la richesse.

L'heure du dîner sur Saint-Denis, au soleil de juin. Les terrasses étaient bondées de petits patrons bardés de leurs maîtresses. Les trottoirs débordaient, et c'était parfait, ça assurerait la furtivité de ma fuite, je me dissimulerais dans la foule. En douce, j'ai préparé mon arme. *Merde, c'est l'ouvre-bouteille, ça c'est la lime à ongles, puis un tournevis, fuck les Suisses !* Enfin je suis parvenu à sortir la lame. Ma cagoule de fortune me couvrant le visage jusqu'au menton, j'ai poussé la porte du commerce en brandissant mon arme. *Merde de merde*, c'était bourré de monde, une longue file devant la caisse et des clients dans tous les racoins. J'ai enlevé ma cagoule en vitesse et je suis ressorti aussitôt. Tant pis. Tous les dragons, trafiquants de drogues et autres businessmen vous le diront, si on ne parvient pas à percer un marché, il faut s'attaquer à un autre.

Madame Wong servait son unique client, un enfant de douze ans, quand je suis entré. Un enfant chinois de douze ans, c'est grand comme un kid normal de six ans. Aucune menace de ce côté, mais je l'ai remarqué quand même. Le jeune Wong était peut-être un parent ou un compagnon de conteneur de la proprio. Pas de temps à perdre en émondage d'arbre généalogique, j'ai crié au kid de se coucher par terre et brandi ma lame sous le nez de Mama Miyagi. *Le cash !*

La conne, elle ne respectait pas du tout les recommandations du Conseil québécois du commerce de détail ; plutôt que de me donner l'argent, elle m'a donné un coup de poing dans la gorge. Dans la gorge ! Fucking kung-fu ! C'était un coup à couper le souffle en plus. Je me suis enfargé dans le kid étendu sur le sol, me suis cogné le derrière de la tête contre le frigo à liqueurs. Peinant à respirer, étalé de tout mon long, je me retrouvais plus vulnérable que Grand Corps Malade dans une compétition d'escalade.

L'immigrante a agrippé le téléphone fixé au mur. C'en était trop, qu'elle me frappe était une chose, mais qu'elle implique la police en était une autre. J'aurais fui sans demander mon reste, sinon. Mais elle exagérait, l'importée, je ne lui avais encore rien volé.

D'un bond, je me suis rué sur elle, en piétinant l'enfant au sol, dommage collatéral. Elle a lâché le cornet pour protéger son visage de ses deux mains. Mon couteau s'est fiché dans la paume de sa main gauche. Comme dans du beurre, mais du beurre dur, qu'on a oublié de sortir du frigo avant le repas. En tout cas, ma lame est restée plantée là. L'aspirante à la citoyenneté a hurlé de douleur, avec un fort accent. Projetée vers l'arrière, elle a entraîné mon arme avec elle. Tous deux, on regardait sa main ensanglantée, le couteau suisse enfoncé dedans. *Heille, redonne-moi mon couteau !*

Avec la vivacité d'une antilope asiatique, elle s'est extirpée de son comptoir et s'est mise à courir dans le dépanneur. Elle avait lu *L'Art de la guerre* de Lao Tseu, sa stratégie de repli forçait l'admiration. Je l'ai pourchassée aussitôt, elle a bifurqué dans une rangée, puis une autre. Le kid a profité de cette poursuite enlevante pour se sauver à son tour. *Pidaaaah, Piiiidaaah !* Il allait ameuter le quartier au complet, le mini Wong. Tout ce qui pouvait mal aller allait encore plus mal que ça. À bout de souffle, je me suis arrêté pour proposer une entente à la ressortissante chinoise. *Madame, redonne-moi mon couteau pis je pars, promis.* Elle était furieuse. *Va-t'en ! Déclisse, clisse ton camp !* Mieux intégrée que je l'aurais cru de prime abord. Falardeau aurait été fier.

Oui, madame, je vais clisser mon camp, mais je veux mon couteau avant ! Elle tenait sa main blessée, le sang coulait de plus en plus, maculant le prélart avec la régularité d'un métronome. *J'en ai besoin, redonnez-le-moi pis je pars, juré craché.* En guise de bonne foi, j'ai craché sur son comptoir. Elle s'est mise à gueuler de plus belle, en dialecte wong. J'allais reprendre la poursuite, déterminé à récupérer mon bien, quand a surgi un colosse du fond du magasin. Quand je dis colosse, faut relativiser ; il était plus petit que moi, mais sur l'échelle asiatique, c'était un baraqué. Et probablement fan d'arts martiaux comme sa maman.

Abandonnant ma cagoule dans la course, j'ai escaladé les clôtures de deux immeubles, je me suis plongé dans la foule et suis allé reprendre mon souffle dans un stationnement souterrain, à l'abri du péril jaune. Opération désastreuse, je revenais sans le butin, ma cagoule et mon couteau en moins. Je philosophais pour me remonter le moral : c'est la vie, y a pas que les incontinents qui essuient des pertes.

*

Si la lecture est une nourriture pour l'âme, le corps ne peut se sustenter des photos de salades composées de Ricardo. Au milieu de l'après-midi, j'ai envisagé de quitter la grande bibliothèque. La faim et la soif me tenaillaient les entrailles. Mes habits de punk garantissaient mon anonymat. Des immenses fenêtres du deuxième étage, je pouvais voir que les policiers se faisaient plus rares dans les rues autour, on relâchait graduellement les recherches.

Mes recherches à moi, sur un poste informatique aussi lent que surexploité, n'avaient rien pour me rassurer. On me suspectait d'ores et déjà de l'agression au dépanneur oriental. Comment avaient-ils pu deviner ? *Nouvelle de l'heure : l'assassin échappé de Pinel serait toujours à Montréal.* Ma photo circulait plus que jamais et la population devait contacter les policiers dès qu'on m'apercevait, fiché très dangereux et armé. Ils exagéraient, les vichystes. Même Madame Wong n'aurait rien risqué si elle avait collaboré. En plus, elle a gardé mon couteau, alors je n'étais même plus armé, bande de cons !

J'ai jeté un dernier regard à la rue bondée, je n'y ai repéré aucun petit fonctionnaire de la justice, et me suis enfin décidé à aller manger. Sur la table déjà chargée, j'ai déposé ma lecture du moment, *Vol au-dessus d'un nid de coucou*, un poignant fait vécu.

Dans l'ascenseur vitré, une monoparentale et ses deux préscolaires me dévisageaient, le front surtout. J'ai fait une grimace pour les faire rire. Ça n'a pas marché du tout, la plus jeune pleurait comme une fillette. Mauvaise journée. Avec le flegme d'un Irlandais, j'ai gardé mon sourire et salué l'agent de sécurité posté à l'entrée. *À tantôt, Nestor !*

⁎

Dans la poubelle de Chez Amir, j'ai déniché la moitié d'un sandwich aux falafels et des patates rissolées en masse. Comme disent les Arabes : *Tant que ça bourre !* J'en avais plein les mains et il en restait encore, mais un employé est venu me chasser. Humiliant. C'est mauvais pour l'estime de soi, être surpris à fouiller dans les poubelles, mais c'est bon pour l'environnement. Et c'est moins de trouble que de planter un arbre. Je me suis félicité malgré la honte.

Dans le parc, je déambulais en mangeant au rythme d'un octogénaire sous morphine. Le coup de poing dans la gorge avait sérieusement entravé ma déglutition. J'espérais retrouver Bébette aux abords de la station de métro quand l'évidence m'a sauté au visage comme un pitbull dans la face d'un enfant : il me fallait un chien. La grande majorité des punks évachés dans le parc en avaient un, ou deux. J'ignorais si la SPA m'aurait fait un prix d'ancien employé, mais je n'avais pas le temps de me rendre à l'autre bout de la ville. Je devais compléter mon attirail au plus vite. Question de crédibilité, pour être un punk en règle, il faut être pauvre, mal tatoué et traîner un chien. Ne me manquait que l'animal.

J'ai engouffré ma dernière poignée de patates froides, résolu à me trouver un dogue, de la drogue, de l'alcool et assez d'argent pour consulter l'envoûtante Maple. La soirée serait mienne ou ne serait pas. *À l'aventure !*

*

Un chihuahua, c'est laid en calvaire, mais un chihuahua qui louche, c'est un interminable calvaire de laideur. Peut-être pour ça que je l'ai choisie, pauvre bête, par compassion. La madame au bout de la laisse a résisté, refusé de me donner son cabot. *C'est à ma fille, je le garde pour elle.* Je me suis fait clair comme de l'eau embouteillée : *Je-m'en-câlisse.* Peu habituée à croiser de vrais punks charismatiques dans son quartier cossu du Vieux-Montréal, elle s'imaginait pouvoir m'attendrir. *Mais, monsieur…* Je lui ai négocié l'échange de son animal contre une absence de coups de poing dans le visage. Elle a accepté avec enthousiasme, finalement.

Est-ce que je peux garder sa laisse, au moins ? Non. Et tant qu'à y être, j'ai profité de la coopération de la rondelette rentière pour réquisitionner sa sacoche aussi. Elle pleurait, l'appauvrie. Grande âme, j'ai fouillé un peu, mais j'ai seulement conservé le portefeuille et je lui ai rendu le sac. Elle m'a remercié sans conviction. Ça m'apprendra à être généreux. Courtois, je l'ai tout de même saluée avant de reprendre ma route avec mon nouveau compagnon.

Je regrettais presque l'adoption, mon animal jappait sans arrêt. Je lui ai grogné au visage pour le calmer, mais il m'a pissé dans les mains, le peureux ! Je l'aurais fracassé contre un coin de mur, si ce n'était de mes besoins en camouflage urbain. Je l'ai tenu dans les airs, par la couenne, et l'ai vertement engueulé. Versé dans la psychologie canine, je voulais établir notre relation sur des bases solides. *C'est moi, le boss, petit enfant de chienne, tu pisses quand je te le dis, c'est clair ? Wârf,* c'était clair.

*

Rhararhaha, Maple riait à gorge déployée. Sans soutien-gorge, tout se déployait aux éclats de son rire. Les masses surplombant son nombril s'agitaient sous la camisole rose à paillettes mauves. Elle n'avait pas changé de kit depuis la première fois que je l'avais croisée. Moi non plus, faut dire. *T'aurais pas une pastille ? Je viens de me faire péter une queue de nègre au fond de la gorge.* Non, je n'avais pas de pastille, mais j'avais de l'argent. *Rhararhaha ! Quarante-trois piasses de jasette, mon ti-gars ? M'as te raconter toute ma vie, à ce prix-là !* Je n'en demandais pas moins.

Pourquoi tu te fais appeler Maple ? Son regard s'est attardé au bout de ses ongles ; la réponse se cachait peut-être sous le vernis écaillé. *Parce que Maple spread, ti-gars, Maple spread, la pognes-tu ? Rhaha.* Elle l'avait répété trop souvent, son rire manquait de conviction. *Vivre avec son vrai nom, c'est dangereux. Tu devrais savoir ça, ti-gars.* Je le savais trop bien, je devais m'y résoudre, et accepter qu'on apprendrait à se connaître derrière les boucliers de nos pseudonymes.

Pis toi, pourquoi ton chien s'appelle Sanchopanza ? Parce que Beethoven était déjà pris ! Rahahaha ! Là, elle riait pour vrai, j'étais fier. On a poursuivi notre marche. Elle prenait des gorgées de mon litre de vin, mais ne voulait pas de mon joint. *Jamais de drogue douce, ça m'agace.* J'ai pris une poffe à sa santé, en tirant sur la laisse du chien. *Au pied, sous-fifre !*

Ça doit être une chienne, non, avec une laisse rose ? Faut pas se fier aux préjugés. *Je vérifierai plus tard. Toi, ça fait longtemps que t'es dans rue ?* Maple s'est arrêtée sec, interloquée. *Woh bec, je suis pas dans la rue, je suis sur le trottoir, nuance ! J'ai mon appartement pis je suis autonome, travailleuse du sexe professionnelle. J'ai tout fait, des bars de danseuses à escorte sur appel, en passant par les partouzes ministérielles, toute ! Mais là je suis à mon compte, le crime organisé l'est moins qu'on pense ; plus pratique de m'organiser toute seule.* J'ai failli lui raconter mes mésaventures carcérales avec la mafia, mais je me suis retenu. Les femmes peuvent avoir des appréhensions face aux anciens détenus condamnés pour meurtre.

Maple allumait sa quatrième cigarette quand elle m'a invité à aller m'asseoir au parc. Elle commençait à s'essouffler, entre deux quintes de toux. *On va être tranquilles.* Elle se léchait les lèvres pour appuyer son affirmation. Par habitude, je présume, elle me proposait encore une fellation. Elle n'en revenait pas que je veuille juste lui parler, sans caméra ni projet de documentaire larmoyant. *Juste de même ? Oui, juste de même.* Une petite voix au fond du crâne, comme une conscience ou une psychose, me disait de rester proche d'elle, de la faire parler davantage.

Maple avait la prostitution vocationnelle. Elle ne le faisait pas pour l'argent, mais par amour, qu'elle ne rencontrait jamais. Incapable de se soumettre à un boss, passionnée d'alcool, de drogue et de liberté, elle avait toujours cru que son salut passerait par ses propres ressources humaines. Et elle s'était trop donnée en vain, elle préférait se louer dorénavant. Paradoxalement, elle avait l'impression de moins se faire fourrer comme ça.

Sensible, Maple accordait une valeur sentimentale à ses émotions. Elle ouvrait son cœur et ses cuisses du même élan, tombait amoureuse de chaque queutard, depuis la nuit des temps. Comme tant d'autres, elle s'était cherché un dieu grec avant de se contenter d'un crosseur marocain, puis d'un mécanicien endetté, et même d'un entrepreneur hémophile. Puis elle s'était résolue à l'universalité et l'accessibilité généralisées. C'est pas qu'elle disait toujours oui, mais elle ne disait jamais non. Autant se tarifer !

Pendant longtemps, elle avait eu autant d'amoureux que d'amants, payants ou pas. Elle offrait des blow jobs à tous les Jos Blos croisant sa route. Et quand un fortuné était prêt à payer un surplus pour visiter son intimité, elle développait du sentiment. On n'y peut rien, le cœur est tout pogné dans le corps. On accroche l'un en s'occupant de l'autre. Et elle, elle avait le cœur gros, c'était facile de s'enfarger dedans, même par inadvertance.

*

Des fois, vendre son cul, c'est la seule façon de connaître sa valeur. J'voudrais encore danser, mais je suis trop vieille. Si j'économisais assez pour me payer un kit de boules, je pourrais retourner autour des poteaux une couple d'années. Pus besoin de me taper des queues en série. Elle s'est arrêtée, le temps de consulter les volutes de sa cigarette. *T'sais, les pénis de n'importe qui, c'est vraiment intrusif au niveau psychologique*. Un frisson m'a traversé l'échine aller-retour. *J'imagine, je l'sais pas*. Des souvenirs de prison me pénétraient de partout, fallait changer de sujet au plus vite.

T'as déjà été hospitalisée, toi ? Comme tout le monde, elle avait fait quelques surdoses et l'adolescence l'avait vue se couper du monde par les veines du bras gauche. Mais le monde l'avait recousue. Déterminée, elle s'était zigonné les artères à répétition, en vain. Elle avait tenté de se pendre à deux reprises, mais ça manquait de féminité. Je comprenais tellement sa détresse, ma mère aussi peinait à vivre.

Je l'ai encouragée, lui ai rappelé que les grandes femmes du monde ont l'autodestruction à cœur, c'est normal. Marilyn Monroe était une hystérique aux pulsions nihilistes, c'est pour ça que les femmes s'identifient à elle. *Peut-être…*

Difficile de vivre quand on est en surcharge de sensibilité ou de lucidité ; avec les deux en même temps, c'est pratiquement impossible. *Tu crois ?* Je lui ai recommandé de fréquenter la bibliothèque et de vérifier sur Internet. *C'est documenté, avec des photos et des témoignages poignants*. Maple était songeuse, le regard en orbite. *Si tu le dis…*

Sur son bras dénudé, j'ai remarqué un tatouage gâché, au lettrage irrégulier. *C'est qui, Ricky ?* Elle s'est flatté le biceps, passant un doigt sur le nom et la rose le surplombant. *C'est rien, Ricky, c'est rien pantoute astheure*… Elle s'est envoyé un peu de boucane dans les yeux, pour se justifier.

T'as des enfants ? Elle écrasait son mégot du bout du talon, encore et encore, on aurait juré qu'elle voulait creuser un puits dans le parc La Fontaine. *Parle-moi pas de mes enfants, y me manquent tellement*… Avec la classe d'une Freddie Mercury, elle s'est renversé la tête vers l'arrière afin d'empêcher les larmes de couler. Je l'ai prise par une épaule anguleuse et lui ai promis que tout irait bien. Je lui promettais si fort que j'y croyais aussi. On communiait à la même détresse. *J'sais ce que c'est, si tu savais*. Pauvre elle. Et moi.

Tabarnak, ti-gars, tu m'en fais vivre ! Son briquet tremblait autant que la cigarette qu'elle essayait d'allumer. Pour détendre l'atmosphère, je lui ai offert de finir la bouteille. Une seule gorgée pour achever le quart du litre restant. C'est beau à voir, une femme qui sait boire.

D'une claque sur la cuisse, elle s'est donné l'élan pour s'éjecter de notre banc. *Attends, Maple, j'ai d'autres questions !* Elle n'a pas ralenti, j'ai pressé le pas. *Tu travailles pour quelle police, toé, crisse ? Rahahureuh reuh*… Elle s'étouffait. *Faut qu'j'fume moins*. Elle s'est allumé une autre cigarette en retenant sa toux. *J'suis pas dans police, je veux juste te connaître plus, on va se revoir ?* Elle a posé sa main sur ma joue, en douceur. *Certain qu'on va se revoir, mon beau ! De toute façon, ça fait plus qu'une heure qu'on jase, là, tu me dois un autre trente piasses !*

Ému qu'elle désire approfondir notre relation elle aussi, j'ai pris sa main sur ma joue et je l'ai serrée dans la mienne. *T'es un peu comme mon âme sœur, Maple.* Elle a arrosé le parc des shrapnels de son rire. *Rhahaha raha ! Laisse faire ta sœur, mon ti-gars, je pourrais être ta mère !*

6
La retenue

*

Il ne faut pas abuser des bonnes choses. Ni des femmes. Pour des raisons et des conséquences fort différentes. Bébette me faisait payer le prix de mon imprudence. Elle gueulait et m'engueulait sur tous les tons, me traitait de junky débile, insistait pour aller à l'hôpital. Et je résistais, évidemment. Pas question de dévoiler mon identité ou d'être reconnu par une infirmière ayant fait un stage à Pinel. Pour la rassurer, j'essayais de me tenir debout, en vain. Mes jambes se mutinaient contre mon système nerveux central, ou l'inverse. J'ai essuyé le sang qui me coulait du nez, au moins, question de faire bonne figure.

T'en as sniffé deux ? T'es fou, man, ça se gobe, ces pilules-là, ça s'égrène pas ! Pis une, c'est en masse ! Malgré ma détresse respiratoire et la difficulté à retenir ma salive dans ma bouche, je trouvais la scène plutôt romantique. Alors que nous étions planqués derrière le conteneur à déchets d'un resto japonais, ma belle Bébette veillait sur moi, encore une fois. Elle s'inquiétait de mon sort et l'inquiétude est une manifestation de l'attachement. Engourdi, je sentais les claques qu'elle me donnait résonner en caresses sur le tambour de ma joue. Ça faisait vibrer le décor aussi, et ça créait de toutes nouvelles couleurs. *Magnifique !* J'hallucinais grave. Y a pas à dire, le génie chimique atteint des sommets dans la création des drogues de synthèse, bravo aux départements de recherche et développement des motards.

Mon arythmie cardiaque prenait une allure alarmante. Dire que j'avais peur de mourir serait exagéré, mais j'aurais trouvé ça con de crever avant de retrouver ma mère. D'un autre côté, j'avais déjà profité d'une vie bien remplie. Peu de gens peuvent se vanter d'avoir survécu aux services sociaux, à la prison et à la psychiatrie. J'avais un enfant pour assurer ma descendance et la couverture du *Journal de Montréal* pour la postérité. J'aurais pu partir l'esprit en paix, mais mon heure n'était pas encore venue, non, pas encore... *Garde les yeux ouverts, estie !* Bébette me secouait les épaules depuis longtemps, le jour allait se coucher, et j'en avais envie aussi. *Faut pas dormir avant de dégeler ! Enwèye, lève-toi, on va aller boire du café gratis dans un meeting.*

*

Narcotiques anonymes, c'est comme Alcooliques anonymes en plus allumé. Plutôt que des vieux imbibés, c'est tenu par des jeunes buzzés, à divers degrés de rétablissement. Entre deux rechutes, t'as tout ce qui existe d'énergumènes qui viennent se faire des câlins dans le sous-sol d'une église, c'est édifiant ! Mais surtout, dans le fond de la salle trône toujours une grande carafe de café gratuit. Adossé au mur, un crucifix menaçant de me tomber sur la tête, j'avalais ma troisième ration, enrichie de sucre et de grosse crème pour me tapisser la gorge. Bébette me servait de béquille. Les hallucinations m'avaient quitté, mais je tenais debout à peu de chose.

Au moment de la collecte volontaire, Bébette a réussi à chiper une poignée de monnaie dans la poche. *Prends ton café pour emporter, on s'en va manger.* On a laissé les rescapés à leur soirée de prières et autres incantations, direction pointes de pizza.

Afin de garantir ma docile collaboration, Bébette m'a promis qu'on irait baiser dans son squat de luxe après la bouffe. Si je ne lui braillais pas dessus, *of course*. Malgré mes difficultés à placer un pied devant l'autre, je me promettais de refouler mes émotions et de fourrer comme un homme.

*

Moins romantique que moi, Bébette n'aspirait pas à une relation stable. Elle avait vite appris à compter ses amours sur les doigts de rien, ne voyant pas l'avantage d'offrir l'exclusivité de son cul ou de ses sentiments à une seule personne. Et de toute façon, elle n'avait pas la sensibilité luxuriante. À part à la branche d'un arbre, elle n'avait jamais eu envie de s'attacher. *Quand le monstre en dessous de ton lit, c'est ton père qui grimpe dedans, t'apprends vite à te protéger.* La chanceuse, elle avait connu son père !

C'est documenté. La bouche pleine d'un mélange de pâte trop cuite, de fromage et de pepperoni, Bébette m'a demandé de préciser ma pensée : *Qu'est-ce tu dis ?* J'ai précisé. *C'est documenté, les filles de la rue, les poquées sans diplômes, c'est souvent des abusées sexuellement, comme toi. C'est assez commun, ton affaire. Tout un rayon de la section psycho pourrait t'intéresser à la bibliothèque, tu devrais venir avec moi demain.* Elle m'a volé mon dernier morceau de croûte en me rappelant la devise des survivants anonymes : *Un jour à la fois, demain c'est trop loin !*

*

J'exposais l'attrait que Maple exerçait sur moi quand elle est apparue devant nous, un coin de rue plus loin. C'était un signe. *Viens, on va la voir !* Bébette ne partageait pas mon enthousiasme ni mon intérêt pour la dame en question, elle la disait profiteuse et manipulatrice. *J'ai jamais pu lui faire confiance. Faut lui enfoncer un doigt dans le cul pour sentir battre son cœur.* Ça m'a blessé personnellement, on allait se brouiller si elle continuait à lui manquer de respect. *Tu la connais mal, elle a du vécu elle aussi, elle pourrait t'en apprendre.* Bébette a ralenti le pas. *J'en sais déjà trop.*

Une centaine de mètres nous séparaient de Maple quand l'éclairage a basculé, m'a alarmé. Mettant en lambeaux les ombres tamisées du soir, du rouge et du bleu venaient frapper les murs, éblouir la rue. *Police !* Cerné et désarmé. Une voiture s'était arrêtée au coin de la rue, devant. Et derrière moi, une deuxième patrouille surgissait dans un crissement de pneus. Négligent, je n'avais rien pour me défendre, même pas de couteau à beurre. Surchauffés, les policiers sortaient de leur voiture en gueulant de tous les côtés. *Bouge pas ! Heille ! Reste où t'es !* Lâchant la main de Bébette, j'ai reculé, évalué mes maigres options : trop nombreux pour les battre aux poings, trop rouillé pour les semer à la course.

J'allais faire mes adieux à Bébette quand le plus costaud m'a foncé dessus, me plaquant de son épaule gonflée à la créatine. *Bâm !* J'ai atterri contre la devanture d'un fleuriste, ce qui n'enlevait rien à la violence de l'impact. J'appréhendais le contact froid et métallique des menottes, les coups et les insultes, mais rien. Rien pour moi, l'action se déroulait plus loin, au coin de la rue. *Lâchez-moé, charognes, j'ai rien faite ! J'allais me chercher des cigarettes, estie, c'est une ville ou une dictature icitte ? Lâche-moé, toé !* Un policier à chaque bras, Maple se débattait avec la fougue d'une lionne du Bengale en période de rut. Ça grafignait.

Je n'en revenais pas, je me suis tourné dans tous les sens, aucun poulet ne se souciait de moi. Ils ne m'avaient pas reconnu ! Désolé pour Maple, mais j'étais soulagé. Ils l'ont traînée jusqu'à la première autopatrouille, esquivant tant bien que mal ses coups de talon et ses crachats, puis l'ont embarquée en lui gueulant ses droits, et c'était fini.

En moins d'une minute, le SPVM venait de kidnapper une pauvre femme sous nos yeux. J'en avais le souffle coupé. Opportuniste, Bébette s'est servi de sa mésaventure pour enfoncer Maple : *Tu vois, elle attire le trouble, c'te femme-là !* Je n'ai pas relevé sa médisance, mais j'ai accéléré le pas, nerveux, étonné d'être encore libre. Mais oui, je m'en tirais aussi bien qu'un policier blanc avec un cadavre ethnique désarmé sur les bras : sans une égratignure. *Fuck yeah !*

*

Caillou Lapierre connaissait Bébette depuis assez longtemps pour lui avancer un peu de dope, mais moi, il ne m'aimait guère. *J't'aime pas, toé !* Ça avait le mérite d'être clair. *Ta face me dit de quoi, pis c'est pas de quoi de bon.* Le trafiquant lisait peut-être les journaux. Plus probable qu'il ait allumé la télévision entre deux transactions. Dans tous les cas, je ne voulais pas qu'il fasse le rapprochement, je ne me suis pas obstiné davantage. J'évitais les prunelles inquisitrices de ce quadragénaire bedonnant. Même son crâne, partagé entre l'hydrocéphalie et la calvitie, m'inspirait de la méfiance, une prémonition.

Sa face de cul était agencée à son attitude de marde. Il me dévisageait, prêt à balancer le poing qu'il tenait déjà serré à la moindre réplique. J'en ai connu, des nerveux du genre, tant en prison qu'en psychiatrie. Je devais faire acte de contrition ou lui sauter à la gorge et tout donner pour le neutraliser, pas de place pour les demi-mesures. Les toxicomanes violents aux ascendances de mâle alpha peuvent être dangereux, le gangsta-rap l'a documenté ; entre deux tournages de films pour enfants, faut pas faire chier Ice Cube ! Je me la jouais profil bas, pour l'instant.

Bébette a assuré un repli dans la dignité : *Arrêtez, là, ça va être correct. On va partager ça, viens !* Caillou nous a escortés jusqu'à la porte de son immeuble. *Tu te pointes pas icitte si t'as pas de cash !* J'ai connu des couteaux moins perçants que son regard affûté. Il cherchait à m'intimider, mais je ne me suis pas laissé faire devant mon amoureuse et je lui ai répondu avec aplomb : *D'accord !*

*

Bébette avait quatre amphétamines et un corps sculptural. Ne manquait qu'un peu d'alcool pour frôler dangereusement la plénitude. On a peaufiné notre stratégie de diversion à l'approche d'une épicerie sur le point de fermer. Fallait faire vite et bien.

Je suis entré le premier, m'assurant d'attirer l'attention, grommelant, me déplaçant à toute vitesse d'une rangée à l'autre, râlant de plus en plus fort. Ça fonctionnait, le gérant et un employé me suivaient de moins en moins loin, maintenaient la garde au bout des rangées où je donnais mon numéro. Je les ai entraînés jusqu'à la dernière, feignant de chercher une marque de chips particulière. Au bout d'une minute ou deux, j'ai estimé que Bébette avait eu le temps de rentrer, de voler une bouteille de vin et de filer. Pour leur donner le change, j'ai invectivé les deux prolétaires : *Arrêtez de me surveiller, calvaire, j'suis pas un voleur !* Interloqués, ils sont restés dans la section des croustilles alors que je franchissais la porte et rejoignais ma Bonnie, un coin de rue plus loin. Elle m'y attendait, trépignante et magnifique.

Comme Terry Fox, le plan avait marché à fond. *Même pas de caissier quand je suis entrée, pis des bouteilles en promotion en face de la caisse ! Haha, trop hot !* J'étais illuminé par ses yeux phosphorescents, plus pétillants que les trois bouteilles de mousseux qu'elle nous avait piquées. Notre butin plein les bras, on s'embrassait à pleine bouche, on se léchait la langue et s'enivrait déjà de ce que la drogue, l'alcool et l'amour avaient à nous offrir. Ses cheveux verts luisaient dans la lumière des lampadaires, un festival quelconque nous offrait un fond musical et Bébette riait à la gueule du monde. La nuit s'annonçait blanche et belle, belle comme elle. Oui, être heureux porte bonheur.

*

C'est quand on a le vent dans les voiles qu'il faut se fabriquer un moteur. Question de prévoir les coups bas de la nature, de la nature humaine en particulier. Je rêvais fort et j'enregistrais des souvenirs pour un film sur ma vie ou le film de ma mort. Qui viendrait trop tôt, mais je ne le savais pas encore.

L'alcool et les drogues de synthèse désinhibent, ce qui est fort avantageux d'un point de vue génital. Par contre, ça désinhibe aussi le besoin de se confier, moins intéressant. J'écoutais Bébette quand même, aux prises avec ses réminiscences de jeunesse. Imprudente, elle me révélait même s'appeler Stéphanie Blanchette, évadée du ghetto d'East Angus, un coin perdu entre l'Estrie et les Cantons-de-l'Est. Malgré sa médaille du gouverneur général et ses talents de chanteuse, elle avait vite compris que la vraie vie se trouvait ailleurs. Elle avait ramassé ses dreads, ses espoirs d'un monde meilleur et s'était installée dans la métropole. Elle avait raison, c'est dans les rues de Montréal qu'elle avait découvert la vraie vie. *La vie, c'est de la marde.* Les punks ont le sens de la synthèse. Je lui ai changé les idées avec ma langue.

L'aurore allait se lever, on n'envisageait même pas de se coucher. À poil sur le bois franc, on avait mal partout, mais on était bien, tous les deux amoureux, même si Bébette ne voulait pas se l'avouer. On étirait nos réserves d'amphétamines et de mousseux, tenant la dysphorie à distance. Les promesses intenables fusaient de toutes parts. Elle retournerait à l'université terminer un certificat inutile en arts visuels. Moi, j'allais devenir un écrivain et rédiger mon histoire, en arrondissant les coins, ma vie est tellement intense qu'on peinerait à y croire. On deviendrait des modèles de réussite, des personnages inspirants, avec des capsules sur Internet. La totale.

Et on aurait des enfants. Bébette n'en voulait pas, mais elle acceptait de me prêter son utérus pour faire des jumeaux. Je reprendrais la garde de mon fils, et on s'installerait avec ma mère et tous les amis révolutionnaires de Bébette dans un gros squat sur la Rive-Sud, une commune de luxe. Avec la vente de mes livres, je pourrais nous offrir une baraque à Longueuil ou un autre coin de riches. Et on aurait plein d'animaux : cinq geckos, trois chats, un poney, deux chiens de garde et un décoratif, Sanchopanza. Bébette a recommencé à me sucer, pour me faire taire.

Il ne m'en fallait pas plus pour être heureux : quelques fellations chaque jour, un peu de drogue, de l'alcool et beaucoup d'amour. Qu'est-ce qu'un honnête homme pourrait vouloir de plus, sinon que ça dure ?

*

On dit que personne ne baise comme les actrices pornos, c'est oublier que les actrices pornos sont des personnes. Des personnes humaines même, qui respirent, mangent et aiment. Qui aiment surtout fourrer et faire de l'argent, faudrait pas tomber dans l'humanisme non plus. Bébette aurait pu envisager une carrière cinématographique dans l'industrie, le corps et le talent y étaient. Suffirait de lui couper sa couette verte, lui épiler le pubis et lui faire des lulus. Mais elle n'est pas une grande fan du capitalisme, de la prostitution et de ses autres ramifications. Sublime punkette, elle offrait ses richesses naturelles gracieusement. Tant qu'à être à part, elle préférait être à part entière.

J'avais beau philosopher sur son cas, mes deux minutes achevaient. Concentré sur les fioritures d'une représentation de vigne en stucco, j'avais le regard qui se perdait dans le coin gauche du plafond lorsque la surprise me saisit. *Ooh...* Tout en maintenant la chaleur veloutée englobant ma verge, elle réussissait à stimuler de nouvelles terminaisons nerveuses. Succulente sensation au premier abord, j'ai eu l'impression que Bébette s'attardait à mes testicules, puis à mon anus, du bout des doigts. Du bout d'un doigt en fait. Mais la rugosité et la frénésie de ce doigt m'ont fait prendre conscience que c'était plutôt une langue, et que la sienne était déjà consacrée à mon pénis.

Sanchopanza me léchait le cul ! Repoussant mon amoureuse d'une main, j'ai agrippé la bête de l'autre. Du même élan, je l'ai envoyée voler contre le mur. *Pok ! Wârf !* Bébette m'a dit que c'était pas cool et s'est dévouée à consoler le chien, qui se pissait dessus, évidemment. Ma bite et moi n'avions qu'à nous satisfaire nous-mêmes, ce qui est moins satisfaisant. *Maudit chien sale !*

Je ne saurais dire qui, de la propriétaire de l'immeuble ou de son couple de visiteurs, était le plus surpris de retrouver deux punks flambant nus endormis sur le plancher du salon. Avec le chien et ses tas dispersés ici et là, ça devait dresser un drôle de tableau. Insensible à sa propre incohérence, la madame tenant les clés de notre nid d'amour répétait compulsivement : *Partez, j'appelle la police, partez, je les appelle !* Si on partait, la police n'aurait plus rien à faire là, elle ne nettoie pas les dégâts canins. Mais je me voyais mal m'entretenir des vers de Boileau sur l'importance de la clarté des propos avec cette proprio. On a juste crissé notre camp.

Bébette s'était laissé emporter par le sommeil en premier, juste après m'avoir fait promettre que je resterais éveillé et jurer que, sa sieste terminée, on ferait le ménage et quitterait l'appartement ni vus ni connus. Ma carrière de sentinelle débutait fort mal. Je portais l'odieux de la perte de son squat. Et le poids du monde sur mes épaules ankylosées.

Sanchopanza jappait, Bébette maugréait et le ciel nous crachait dessus. Les baisers du soleil levant avaient fait place à une bruinasse traversée de gouttelettes froides, la météo était dégueulasse. Au milieu de l'après-midi, nos carcasses éprouvées n'avaient rien à manger et nulle part où aller. Plus à cran que mon couteau, Bébette chialait sans discontinuer. Courroucée par mon manque de vigilance et la privation de son squat de riche, elle a décidé de me planter là, à la fontaine du parc La Fontaine. Ça devait être un signe, mais je ne le voyais pas.

*

Coin Ontario et Papineau, le soleil brillait par son absence, et Maple aussi. La misère et ses profiteurs professionnels étaient les seuls à occuper la rue. Malgré mon manque total d'écoute et d'intérêt, une ressource empathique s'acharnait à me parler. *On ne peut jamais passer par-dessus ce qui nous gruge par en dedans.* Le travailleur de rue avait raison, mais je ne voulais rien savoir de lui, et je déteste les aphorismes. J'ai accepté sa cigarette, par politesse, et je suis retourné au parc.

Avec Sanchopanza, on jouait à se rapporter des bâtons, mais on s'est tannés vite, surtout lui. J'ai erré comme un Nazgûl en peine avant de me résigner au salut littéraire. J'allais me changer les idées dans les livres, et faire un peu de recherche sur moi-même ; rien n'égale Google pour se gâter l'ego.

*

Ça buzzait fort sur Internet. À lire les commentaires, la moitié du pays croyait que j'étais un monstre et l'autre moitié se trompait. Je devais retenir les onomatopées entre mes mâchoires serrées tant les fils d'actualité me surprenaient. La bibliothèque était bondée, de familles surtout, je surveillais mon langage. *Maudit tabarnache de câline de cibouerge !* Des enfants sans laisse couraient en tous sens, criaient, chialaient, cherchaient à échapper à la surveillance de leurs parents. Parents convaincus d'accomplir leur rôle en leur enfonçant *Le Petit Prince* dans la gorge.

J'ai ramassé une pile de journaux et je me suis réfugié au dernier étage, dans un cubicule adjacent aux archives musicales. Musicales mon cul, presque pas de rap en stock. Faudrait pas nous prendre pour des cons non plus.

Stupeur et tremblements, même *Le Devoir* me célébrait ! Je devenais un fait divers d'une ampleur nationale. J'ai survolé les grands titres : rien pour me rassurer, on se disait sur ma piste. J'ai scruté les photos de la Chinoise du dépanneur, une Cambodgienne finalement, *same same*. On présentait même des clichés du couteau suisse qu'elle m'avait volé, et de la cagoule trop ajustée que j'avais abandonnée dans ma course.

Dans tous les quotidiens de la province, encore et encore, le portrait peu avantageux de mon look de psychiatrisé, et de nouveaux portraits-robots, plus joufflus, avec ou sans barbe et lunettes, d'autres avec des coupes de cheveux différentes. Ils n'avaient pas envisagé le mohawk, les cons ! Je me targuais de mon propre génie quand le sous-titre d'un article m'a électrisé l'âme et arraché le souffle du corps ; ils avaient retrouvé ma mère !

Nulle erreur possible, l'article détaillait l'affaire et me remplissait de joie à ras bord. Le Service de police de la ville de Montréal avait retrouvé ma maman, la vraie, pas la conasse de Sherbrooke. De cette maman qui est mienne, lesdits policiers avaient extrait un échantillon d'ADN qu'ils ont comparé avec celui laissé sur le comptoir de la Wong et le tour était joué. L'analyse mitochondriale le confirmait, j'étais encore dans la métropole et *plus dangereux que jamais*! Un peu sensationnaliste comme conclusion. La mienne reflétait davantage de noblesse: maman était en vie, en ville, et on se retrouverait d'un jour à l'autre. Sous mes yeux gorgés de larmes, c'était documenté.

7
La polyvalence

Gilles de la Tourette en serait resté muet ; je criais, je riais, je sacrais de bonheur. Sanchopanza tournoyait au bout de mes bras tendus de joie, puis je l'ai ramené contre mon visage et l'ai embrassé à pleine bouche. *On va retrouver maman !* Je le bécotais encore quand je me suis souvenu qu'il me léchait le cul le matin même. J'ai arrêté. Mais ça ne m'a pas empêché de blasphémer de bonheur. *Fuck yeah, calvaire de crisse, c'est cool en tabarnak de motherfuck ! Yeah.*

Tout s'emboîtait, comme des poupées russes ou des échangistes. Je dévisageais toutes les femmes que je croisais dans les rues ; ma mère pouvait être n'importe qui. Je l'avais peut-être même déjà rencontrée sans m'en rendre compte. C'était une caissière de dépanneur, une travailleuse de rue, une employée du métro ? Va savoir !

Maple serait heureuse d'apprendre que je tenais la piste de ma génitrice, elle qui connaissait la blessure du déchirement familial. Bébette aussi serait contente pour moi, malgré sa colère puérile. La joie, autant qu'un repas ou un organe génital, c'est fait pour être partagé. Je les cherchais toutes deux, sous la pluie fabuleuse de ce juin historique, contenant mon bonheur avec peine.

Aucun des parcs des environs n'abritait mes amies. Je suis redescendu vers la rue Ontario, mon trajet ponctué d'arrêts aux poubelles des restaurants, opulent buffet des démunis. Sanchopanza s'est régalé d'un reste de macaronis tandis que je dégustais des sushis au riz sec, perdu dans mes pensées profondes.

L'indiscrétion d'un journaliste m'avait permis d'apprendre que maman habitait Montréal. C'était une avancée notable, mais plein de vieilles femmes de cinquante ans résident dans la métropole. Comment préciser mes recherches ? Aussi incongru que cela puisse paraître de la part d'un gangster de ma trempe, il me fallait obtenir l'aide des services policiers.

*

La patience est d'or. La faune nocturne commençait à émerger et j'étais encore affalé sur le trottoir, adossé à l'entrée d'une caisse populaire. *C'est pour manger… J'ai la leucémie musculaire dégénérative… Juste une piasse, ou deux… Une cigarette, au moins…* Je ne lâchais rien, j'apostrophais chaque passant. *C'est pour nourrir le chien… J'ai pas reçu mon retour d'impôts…* Ça fonctionnait plutôt bien, j'ai ramassé les trente piastres dues à Maple, l'argent nécessaire pour passer quelques coups de fil à la police et un léger surplus pour faire un détour chez Caillou et m'équiper de pilules récréatives, pour ma blonde et moi. Je ne l'avais pas recroisée de la journée d'ailleurs, je commençais à m'inquiéter. Bébette n'avait été vue par aucun anarchiste ou autre pas-bon du centre-ville, s'était-elle engagée dans une quelconque lutte armée en Amérique du Sud ?

*

La policière était moins conne que son titre le laissait croire. Malgré ma voix des plus professionnelles et le nom du célèbre journaliste que je lui ai brandi comme un sésame, elle a refusé de me donner l'adresse de maman. Loin de m'avouer vaincu, j'ai utilisé son nom complet, qui n'avait pas été révélé dans les médias. *Écoutez, madame l'agente, je comprends que vous soyez contrainte par des enjeux de confidentialité, mais je peux vous garantir que ma démarche se fait dans les règles de l'art. J'ai parlé à un de vos supérieurs aujourd'hui, il m'a affirmé que vous seriez en mesure de me donner l'adresse de Mme Marie-Madeleine Fontaine… S'il vous plaît.* Un silence a flotté sur la ligne. *Un instant, monsieur, je vous passe l'enquêteur responsable du dossier.*

Attente interminable, le cornet du téléphone pesait une tonne, je suais du stress et de l'espoir par tous les pores de ma peau. Engoncé dans la cabine téléphonique, seul au monde, j'étais à une ruse près de repérer ma mère. *Sergent Boutin. Qui est à l'appareil ?* Quoique les policiers soient réputés impolis, celui-là dépassait les attentes. *Qui parle ?* J'ai décliné une fausse identité et servi mon boniment. *Monsieur l'inspecteur, c'est un honneur de vous parler enfin, j'ai besoin d'une information que votre supérieur m'a promise plus tôt dans la journée... pour compléter un dossier spécial sur le fameux évadé de Pinel...* On aurait pu entendre une drosophile voler. Au bout de quelques secondes d'éternité, il a fracassé le silence. *C'est toi ? Tu veux retrouver ta mère, c'est ça ?*

J'ai senti le monde se dérober sous mes pieds, comme on doit sentir le monde se dérober sous ses pieds quand on a une corde au cou. Gibier de potence, je devenais la proie qui croyait prendre. *T'es resté à Montréal, je m'en doutais. T'as lu l'info qu'on a laissée couler aujourd'hui ?* Je goûtais le sel de ma sueur, ça me dégoulinait aux commissures des lèvres, trempait mon t-shirt. *Tu la retrouveras jamais ta mère, mais nous autres, on va te trouver. Tes heures sont comptées. T'es encore là ?... Si la vérité est trop dure à avaler, on va te la servir en suppositoire. M'entends-tu ?* J'étais incapable d'articuler un seul mot, d'ailleurs quel mot aurais-je pu prononcer ?

Merde ! Sanchopanza sous le bras, j'ai couru près d'une dizaine de minutes, anxieux de creuser l'écart entre cette cabine et moi. Je ne craignais pas tant qu'ils aient localisé l'appel et viennent me cueillir, je voulais juste m'éloigner au maximum du lieu du drame. Ils ne me dévoileraient jamais où était ma mère, chercheraient probablement à la cacher, et ma présence en ville leur était dorénavant confirmée. L'étau se resserrait sur mes testicules délicats. Mes émotions passaient par des montagnes russes confiées à un opérateur tchétchène. J'en avais la nausée. *Et merde*, au risque de me répéter.

Évitant les grandes artères, je me suis trouvé un banc mouillé dans un parc désert, je devais rassembler mes idées. Que faire, m'enfuir ? Ils finiraient par me mettre la main dessus. Profiter de la nuit pour éviter les quatre heures de pointe et traverser un pont, quitter l'île ? Ça ne changerait rien, et qu'irais-je faire dans un trou régional ? Mais rester là, vivoter et attendre, ça garantirait la fin de ma carrière plus efficacement qu'une mastectomie pour une Femen. Non, j'allais foncer dans le tas, être à la hauteur de ma criminalité et retrouver ma mère. De gré ou de force, peu importe le degré de force que je devrais y mettre. La fuite, c'est juste bon pour les faibles et les Syriens.

*

De la dope, maintenant, il me fallait un petit remontant. Et optimiser le fonctionnement des méninges. J'ai descendu ma casquette sur mon mohawk détrempé, je me suis rentré la tête entre les épaules et j'ai foncé vers Panet, chez Caillou. Enfoncé creux dans le cul du quartier, son immeuble ne payait pas de mine. Il ne devait pas payer d'hypothèque non plus. Quelque part entre le squat et le désespoir, il tenait debout par la crasse. Une cliente sortait comme j'arrivais, une habituée du coin, jeune pute haïtienne accro à l'héroïne, fort sympathique. Une vraie Noire, avec du rose à l'intérieur. Elle avait la réputation d'être chaude comme les îles, je comptais me la payer un jour. Je l'ai saluée en créole, elle m'a répondu en silence. J'ai remonté la cage d'escalier aux effluves d'urine pour tambouriner à la porte du commerçant. Grave erreur.

Bébette était avachie sur le sofa, le regard en orbite, les seins à l'air. Le big shot m'avait volé ma petite chatte ! *Qu'est-ce tu veux, toé ?* Me laissant dans le corridor, occupant le cadre de porte, Caillou jouait les remparts. Mon amoureuse n'avait pas remarqué ma présence. Prompt à se répéter, Caillou s'est enquis de nouveau des motivations de ma présence à sa demeure. *Qu'est-ce tu fais icitte, tabarnak ?* Le ton montait. *Je veux voir ma blonde !* Il a ri de bon cœur, même s'il n'en avait pas. *Heille, Bébette, c'est ton chum, cette crevette-là ?* Bébette s'est remuée, m'a jeté un œil éteint, puis est retournée à sa cigarette. *Jamais.* L'ambiance était plus lourde qu'une obèse morbide en rechute boulimique dans une cabane à sucre. *Come on, Bébette, arrête de niaiser !* Elle m'ignorait, et ignorait le mal que ça me faisait.

Caillou n'était pas un homme friand de contacts physiques. Je lui ai mis une main sur l'épaule, en toute courtoisie, pour mieux parlementer avec ma promise. Il m'a mis un poing dans la face, en toute incivilité, pour clore la conversation. La porte qu'il m'a fermée au visage demeurait insensible aux coups que je lui portais en gémissant le nom de ma dulcinée. *Béééébette !*

Il l'avait sûrement droguée, elle ne me répondait pas. J'ai envisagé de défoncer la porte, mais valait mieux ne pas alarmer l'immeuble. La police est proche des riches, mais ne se tient jamais loin des pauvres. Je récupérerais ma blonde plus tard. Tant pis pour elle.

Pour la première fois de notre relation, Sanchopanza faisait ses besoins au bon moment, juste devant la porte de mon rival. C'était une crotte de chihuahua, pas de quoi bousiller une paire de bottes, mais c'est l'intention qui compte. *Bon chien !*

*

Par bonheur et par la grâce de Dieu, Maple occupait son coin de rue. *Rhahahaha, t'es encore vivant ?* Je l'ai prise dans mes bras, mais elle m'a agrippé les fesses d'une main et le pénis de l'autre. *T'es-tu déniaisé ?* J'ai ri de sa blague et je me suis dégagé, elle avait de la poigne. *On t'a pété la yeule ?* Elle tapotait la bosse ornant mon arcade sourcilière, évaluait la gravité des dégâts. *C'est rien, ça, juste un désaccord.* Touché par sa sollicitude, je me suis empressé de réserver ses services avant qu'un client ne se pointe et me ravisse sa compagnie. *J'ai ton cash, Maple, les trente piasses. Tu me fais une autre avance ? J'ai besoin de te parler.* Elle a scruté la rue détrempée vers l'est, puis vers l'ouest. L'éternel crachin nous collait à la peau. De rares voitures passaient sans ralentir. *C'est une fin de soirée tranquille, on peut ben aller placoter, je te charge à l'heure ! Rahahaha !*

J'allais remonter vers le parc, mais elle m'a fait signe de la suivre. *Y fait trop frette, j'ai fini mon shift. J'te ramène chez nous. Je fais jamais ça, mais t'es inoffensif.* Sceptique quant à la teneur du compliment, je l'ai suivie, honoré de pouvoir visiter son logis. Elle m'a offert une cigarette, un clin d'œil et m'a pris par l'épaule. *Viens-t'en, mon jeune, Maple va prendre soin de toé !*

Mille détours et cent autres encore, Maple nous faisait arpenter la moitié de la ville. *Je veux pas que mes clients sachent où j'habite, ni la police. Y a des fuckés des deux bords, t'sais !* On a marché longtemps, et j'aurais continué des heures encore. On avançait côte à côte, enveloppés dans le nuage de nos cigarettes et de notre complicité naissante, dans la nuit toute mouillée. J'allais chez elle, mais j'avais l'impression de rentrer chez moi.

*

Maple habitait un demi-sous-sol dans Rosemont. *Avant, j't'ais dans Hochelaga, mais c'est viré riche que le crisse, chus partie. Les estie de riches, y veulent toute avoir, même les quartiers pauvres !* Paradoxalement, son appartement de trois pièces était plus chic que je ne l'aurais cru, il arborait même un plancher de bois flottant et un grand sofa de cuirette noire, à peine craquelée. *Compte-toi chanceux, ti-gars, t'es le premier homme qui rentre icitte !* Je soupesais cette chance lorsque j'ai figé sur place.

Flashdance ! Au-dessus de la table de mélamine de la cuisine trônait un laminé de la célèbre danseuse tout écartillée sur une chaise, couronnée par le titre du film en larges lettres roses et turquoise. Même s'ils étaient délavés par les années, tous les détails de ce poster mythique m'étaient familiers. *Ma mère avait le même !* C'était un signe, pas de doute possible.

Maple a allumé la radio, exécuté un entrechat, puis une arabesque avant de me saisir par la main. *On danse !* Elle m'a plaqué contre son corps et a posé sa main au creux de mes reins. *Suis-moi, bebé !* De gauche à droite, d'avant en arrière, je bravais le ridicule, au meilleur de mes capacités. *Tu bouges bien, continue !* Et de la suivre encore pour une autre chanson collante, une valse de Mario Pelchat. *Fait tellement longtemps que j'ai pas dansé.* À la fin de la pièce, elle m'a planté au milieu de sa cuisine pour aller se moucher et se sécher les muqueuses. La musique, ça émeut les femmes. C'est documenté dans *Flashdance*, entre autres.

*

Maple aussi avait besoin de parler, c'est humain. Elle nous a ébouillanté deux poches de thé Salada, le grand cru des connaisseurs, et on s'est installés sur le sofa, face à face, pour un tête-à-tête. Vu que c'était moi qui payais, elle m'a laissé commencer. J'y suis allé mollo, je lui ai expliqué la situation avec mon amoureuse, Bébette, qui me trompait avec Caillou. *Méchant trou de cul pas propre, ça, j'le connais personnellement. Fais-toi z'en pas, a va se tanner vite !* Elle me rassurait, mais au fond, c'était seulement mon problème secondaire. Ce qui me taraudait, me tarabustait, m'obsédait vraiment l'esprit et me tordait l'âme en tous sens, c'était de retrouver ma mère.

Émotive, les yeux dans la graisse de peine, elle a écouté mon récit presque deux minutes avant d'éclater en sanglots. *Ahrararahrah… rahrah… C'est donc ben beau, ton histoire, c'est triste pis c'est beau en tabarnak ! Pis je dis pas ça juste parce que chus bipolaire, ça me touche par en dedans !* Elle s'essuyait le visage sur mon t-shirt en reniflant de tout son corps. J'ai pleuré aussi, pour l'accompagner. Ç'a duré le temps d'un Joe Dassin et demi ; on se braillait dans les bras sans rien dire, avec les grands slows en trame de fond. Ses bras maigres me tenaient serré, me couvaient, m'imprégnaient d'affection, la vraie. Je n'avais même pas soif, ni envie de me geler ou de battre quelqu'un. On était bien. Maple a fini par émerger, s'est torché les larmes dans le poil de l'avant-bras.

Ça me parle en tabarnak, ce que tu dis. Moé, y m'en ont enlevé quatre, les estie de chiens de la DPJ. Les deux derniers, sont venus me les prendre direct à l'hôpital. Si j'étais indienne, j'aurais pu les accoucher dans le bois, calvaire, mais j'ai rien pu faire… Ahrahrahrah.

C'était à mon tour de la laisser parler d'amour. Je l'ai prise dans mes bras, la tête contre mon cœur, et je l'ai laissée se vider en lui tapotant le dos. *Mes bébéééés, mes petits bébéééés !* On était très thérapeutiques l'un envers l'autre. *Ça va aller, Maple, tes enfants y t'aiment même si y te connaissent pas, tu sais. Le sang, ça ment pas, c'est plus fort que tout… Aahrahrahrah.* Je ne saurais dire combien de temps s'est écoulé en tout, mais au moins quatre ballades.

Si une chanson pouvait changer le monde, ça ferait longtemps que John Lennon serait pas mort. Mais ça fait du bien pareil. On a écouté les derniers accords d'une ultime litanie populaire, on a soupiré en chœur et une publicité de char est venue assassiner la magie.

En tout cas, tu devrais être psychologue, toé, tu me fais sortir les émotions ! Maple s'est balancé une claque sur la cuisse, s'est redressée et dirigée vers le réfrigérateur, Sanchopanza sur les talons. *Faut fêter ça, ce braillage-là !* Elle est revenue dans le salon en brandissant deux grosses bouteilles de bière, plus d'un litre de Labatt à dix pour cent d'alcool par bouteille. *Je les gardais pour une grande occasion !* J'étais touché, je sais combien il en coûte à un alcoolique de partager sa boisson. *Do not worré, y me reste de la Pabst en masse.* C'est l'avantage de vieillir, on apprend à se connaître et à prendre soin de soi. On a porté un toast à tous les gens qu'on aime, même ceux qu'on ne connaît pas, et on a bu. Et rebu.

⁎

En cale sèche, plus aucun fond de bière nulle part, le last call du dépanneur loin derrière nous, on s'inquiétait. *Y fait encore soif.* J'ai approuvé. Je lui ai offert d'aller chercher un peu de dope au centre-ville, mais l'alcool était sa drogue préférée. *De toute façon, t'es cassé, pis moé itou. On va se contenter de nous-mêmes.* Elle a titubé jusqu'au lavabo, s'est rincé la face, a allumé une énième cigarette et m'a ordonné de la suivre dans la chambre, en s'appuyant sur un lourd clin d'œil. *On va se changer les idées.*

Fourrer une vieille pute sans protection me paraissait risqué. D'un autre côté, c'était gênant de lui demander de se lubrifier la chatte au désinfectant, ou de me refuser à une femme si généreuse, avec qui j'avais partagé des émotions. Faisant contre mauvaise fortune bon cœur, je l'ai suivie en me rappelant que l'appétit vient en mangeant, on ne sait pas avant de l'avoir essayé, qui ne risque rien n'a rien, et autres expressions à connotation motivationnelle.

*

Dans chaque putain se cache une femme romantique, et vice versa. Loin d'être un donjon à sexe où traînaient des gadgets sadomasos souillés et des restes d'amants essoufflés, la chambre de Maple débordait de bon goût. Des bouquets de fleurs séchées surplombaient la tête de lit, celle-ci parementée d'une impressionnante collection de bibelots. Des angelots et des dauphins, surtout. Sur les murs, un triptyque laminé de photos d'enfants en noir et blanc, s'offrant tantôt une rose, tantôt un baiser. La grosse classe.

C'est troublant, pénétrer l'intimité d'une femme. Il y a là une forme de profanation du temple sacré, une première infiltration de l'âme par l'immersion dans son habitat naturel. Maple trouvait que j'avais écouté un peu trop de Canal D, la chaîne des documentaires et autres enquêtes criminelles américaines. *C'est rien que ma chambre, crisse. Je comprends rien de tes affaires sacrées, tu te sers trop de ton cerveau. M'as te montrer dans quel domaine j'ai de la tête, moé !*

L'ingénierie des principales turbines de la Baie-James a fort probablement été inspirée par les capacités de succion de Maple. Étonné de retrouver mon pénis encore attaché à mon corps après le passage de sa bouche, j'ai pris quelques secondes pour m'en remettre. Elle a craché dans une poubelle à l'effigie de Minnie Mouse, puis s'est allumé un mégot de cigarette. *T'es venu vite.* Tout est toujours une question de perspective. *Non, c'est toi qui suces vite !* Maple a mis fin au débat en m'indiquant qu'elle ne se passionne pas pour le bénévolat, qu'elle m'avait donné du fun et qu'elle en attendait en retour. Sur ce, elle s'est laissée tomber sur le matelas, a relevé sa jupe, s'est glissé deux oreillers sous le bassin et m'a encouragé. *Enwèye, ti-gars, mange-moé !*

*

Maple avait la chatte napolitaine : un dégradé de brun, de beige et de rose. Surplombant la chose, le mont de Vénus, entretenu sans acharnement, accueillait une touffe de poils pubiens sombres et drus, parsemée de quelques poils blancs, virevoltant dans tous les sens, au hasard des frisottis.

À la jonction de l'aine et du bassin, autour d'une banderole entourant un cœur aux arrondis disproportionnés, était tatoué le prénom de Bruno. Un ami de Ricky, peut-être.

Le crin de Maple s'arrêtait net à la commissure antérieure des grandes lèvres. Rosé et charnu, le prépuce du clitoris protégeait cette masse de chair rougeoyante, déjà bandée et tendue vers moi. On aurait cru voir la proue d'un navire fendant les eaux de la mer.

Se profilant de sa vulve bombée, les grandes lèvres brunâtres étaient étirées par Maple, qui les plaquait contre ses cuisses, exposant son sexe. Les petites lèvres portaient mal leur nom, car elles se déployaient vers l'extérieur avec une amplitude considérable. D'un marron clair, elles offraient une surface intérieure très lisse, où luisait la glaire, lubrification abondante de Maple. La corolle de ses petites lèvres proposait un relief irrégulier, une finition presque dentelée. Les chairs rougeoyantes, gonflées de désir, des parois vaginales obstruaient l'entrée de son sanctuaire. Sous le frein du clitoris, le méat urétral se révélait enflé aussi, peut-être dû à l'effet de l'excitation ou d'une infection bénigne.

L'appareil génital ainsi dévoilé me permettait d'apprécier le contraste entre le rose très pâle, plus clair que la chair du périnée, du vestibule du vagin, et le rouge, voire le vermeil prononcé de l'orifice vaginal à proprement parler. Dans les mouvements occasionnés par l'écartèlement de l'ensemble, à la lumière tamisée d'un plafonnier représentant un coquillage, je pouvais établir un constat aussi clair que sincère : *T'as une ben belle chatte, Maple.* Les femmes aiment être complimentées, ça les prédispose.

Des calendriers complets s'étaient recyclés depuis la dernière fois où j'avais embrassé un vagin sur la bouche. Tant le goût que les effluves me rappelaient la brise qui plane aux abords du fleuve, et les langoustines panées, et les graines au fond des sacs de chips à saveur de sel et vinaigre, et l'amertume d'un thé longuement infusé, et la réglisse noire aussi.

Engourdie par l'alcool, Maple a pris une éternité et quart avant de jouir. *Aaaahrarahrah oui !* Étonnant comme les rires, les pleurs et les cris de jouissance jouent dans les mêmes registres. Ma langue n'en pouvait plus, et moi non plus. J'appréhendais le torticolis du lendemain, mais faut vivre l'instant présent. Maple a récompensé mes efforts en m'invitant à poser ma tête sur sa poitrine. Ses seins étaient plus bas que sa poitrine, mais sa poitrine était quand même douce. Du bout de ses ongles en plastique, elle m'a gratté le dos, flatté les cheveux et fredonné de la musique classique : *Total eclipse of the heart.*

*

La gueule plus pâteuse qu'un crémage au beurre de pinotte, je me suis réveillé longtemps avant de pouvoir ouvrir les yeux. Mon crâne voulait fendre et tous mes muscles m'en voulaient. J'aurais offert mon royaume pour un verre d'eau, mais je n'étais pas le chevalier prêt à se lever pour aller le chercher. Le temps de me replacer les idées, je me suis rappelé où j'étais. Dans la mince fente que dégageaient mes paupières, un paquet de lavande et d'œillets séchés me confirmait que j'étais dans le lit de Maple. J'aurais préféré les bras de Bébette.

Sous les draps sévissait la canicule. Maple devait souffrir de ménopause matinale. En dépit du désœuvrement de mon corps, j'avais la tête heureuse. Mon amie ronflait à mes côtés, j'étais planqué, à l'abri de la justice, et le soleil perçait les persiennes d'une lumière généreuse. Une belle journée s'annonçait.

On a fait la grasse après-midi en cuillère. Maple se réveillait à l'occasion, mais je l'aidais à se rendormir en lui chantonnant *Dors Caroline*. Je veillais sur son sommeil, paisible. Je ne pouvais savoir qu'une mort violente s'apprêtait à s'abattre sur moi, telle l'épée furieuse de la fatalité.

Malgré la vacuité de nos vies et l'inéluctabilité de notre mort, on doit s'attacher à nos rêves, par les tripes s'il le faut. Somnolent, songeur, je me voyais partir avec Maple et Bébette dans une grosse Jeep décapotable, embarquer ma mère en cours de route et traverser les frontières à cent milles à l'heure. On se rendrait jusqu'au Mexique, au Pérou, ou un autre pays de pauvres. Ça coûterait deux fois rien pour s'acheter un duplex au bord de la mer, ouvrir une pizzeria ou trafiquer de la dope. J'ai dû fantasmer sur la pizzeria un peu trop fort, la faim a fini par réveiller Maple.

L'observant se lever, j'ai remarqué un autre tatouage, entre les omoplates : *I love Richard.* Je suis curieux, c'est un signe d'intelligence. *C'est le même Ricky ?* Elle a haussé les épaules. *Non, Richard était pire que Ricky, arrête de me poser des questions.* Mon regard s'est attardé sur sa chute de reins. Encore un ! Là, c'était écrit *Manon 4 ever.* Décidément, cette femme avait beaucoup aimé.

*

Son maquillage ayant déjà considérablement déserté son visage, elle est allée enlever la croûte qui restait. Des bouts de mégots du cendrier m'ont servi à rouler une première cigarette. Poli, j'attendais ma compagne avant de l'allumer. La clope est tombée sur le prélart de la cuisine quand je l'ai vue sortir de la salle de bain, démaquillée, au naturel. Elle ne se ressemblait pas. Les cheveux attachés, le visage débarbouillé, c'était une belle femme. Une belle femme que je connaissais, ça me sautait aux yeux maintenant. Quand les masques tombent, la vérité se relève.

Maple, je te jure, dans une autre vie, nos chemins se sont croisés. Elle ne croyait pas à la réincarnation, trouvait que j'y allais un peu fort sur l'ésotérisme. Mais je le sentais dans mes tripes, nos routes s'étaient tressées ensemble, l'une autour de l'autre, à un moment ou un autre, dans une dimension qui nous échappait. *Calvaire, y peuvent pas avoir tort toute la gang, Maple ; les hindous, les bouddhistes, même Jésus s'est réincarné un petit peu après son exécution. Tu crois vraiment en rien ?* Maple a touillé les œufs brouillés qu'elle nous préparait avant de conclure, pragmatique : *Je crois à la sainte face de la reine, pis à celle de Mackenzie King. Les seuls miracles de ma vie, c'est deux ou trois apparitions de Ti-Bob Borden sur un cent piasses. That's it, pas de quoi se crisser à genoux !*

Ses œufs étaient salés. *Le sel, c'est mon épice préférée.* Elle m'aurait offert des toasts ou un verre de jus, mais le frigidaire était presque vide, juste des œufs, plein d'œufs. Gros rabais au Super C. *Pis c'est plein de protéines.* Elle a accepté d'en gaspiller un, que je puisse me spiker le mohawk. On peut se fier aux tendances de saison si on veut, mais un punk fier, ça porte sa crête en l'air.

C'est quoi ton plan d'avenir, à court terme ? Je n'avais qu'un objectif et demi ; retrouver ma mère, et Bébette si ça adonnait. *Sur le plan professionnel, je veux dire. T'as pus rien à fumer, nulle part où aller. Tu vas faire quoi, là, quêter sur Saint-Denis ?* Option désormais trop risquée, avec les chiens en uniforme sur ma piste, c'était imprudent de traîner dans les rues achalandées. J'avoue que je n'avais aucune idée d'où viendrait mon prochain dollar. J'avais l'ambition professionnelle plus stagnante qu'une eau de bayou. D'ailleurs, Zachary l'a dit : *Travailler c'est trop dur et voler c'est plus simple.*

Fin stratège, je lui ai retourné la puck. *Tu peux m'aider ? T'as une formation en orientation ?* Elle a cessé de se décrotter les dents à la pointe de la fourchette, l'a déposée sur la table, a reniflé solennellement et m'a exposé son idée. *Tu vas travailler pour moé, pis moé, je vas travailler pour toé. On va faire une team !* La perplexité tordant les muscles de mon visage l'a amusée. *Rahahaha ! C'est une estie de bonne idée, fais-moi confiance. Tu vas être mon pimp !*

Tu vas être ma pute ? Elle préférait le terme putain, plus européen, plus classe. *Mais en gros, oui, c'est ça ! Faut se rentabiliser le cul avant que le temps n'abîme l'inventaire. Les cochons sont après moé, y me lâchent pas. Tu pourrais faire du repérage quand je racole. Pis te faire voir des clients, qu'y sachent que j'ai de la protection. Pis surtout, tu pourrais m'aider à gérer la logistique. Ça va être le Grand Prix la semaine prochaine, le plus gros marché de plottes à louer d'Amérique, la manne de l'année. Les gros portefeuilles débarquent en ville, ça peut être notre passe de cash !*

Son enthousiasme était contagieux, je voyais déjà la filée de tatas avec leurs calottes Ferrari pis leurs capotes d'une marque maison de la pharmacie du coin. Avec sa puissance de succion, Maple pouvait en vider une demi-douzaine à l'heure, facile ! Je ne savais pas encore comment j'arriverais à retracer ma mère, mais en attendant, fallait bien manger, boire et se geler. Ça me ferait une job steady, en plus de me donner les moyens de poursuivre mes recherches.

J'avais déjà les deux pieds de l'entrepreneuriat dans le projet, mais, franc-maçon dans l'âme, je voulais m'assurer de la solidité du plan d'affaires. *Projet intéressant, mais je touche combien de la passe ? C'est risqué, quand même.* Son doigt jauni par la cigarette oscillait de gauche à droite. *Nononon, tu risques rien, toé, tu vas travailler dans l'ombre. Je te donne dix piasses du client, que ce soit une branlette ou que je la prenne dans le cul. Pis t'es logé nourri, avec des œufs ou ce qu'y aura. À prendre ou à laisser.*

Fine négociatrice, elle me laissait peu de marge de manœuvre. Fallait tout de même que j'arrive à la faire bouger, pour la forme. *OK, mais c'est moi qui dors du côté gauche du lit.* L'ongle au vernis craquelé s'est agité à nouveau. *Nonon, toé tu dors sur le sofa, sauf quand ça me tente.* Au moins, j'avais réussi à lui faire préciser les clauses de l'entente.

Marché conclu ! Le destin est imprévisible : cette femme exceptionnelle, encore inconnue quelques jours plus tôt, était maintenant ma maîtresse, ma meilleure amie, mon associée. Notre entente scellée par une solide poignée de main, Montréal voyait apparaître son premier pimp punk.

8
La vaillance

*

Victoria's Secret, c'est qu'elle porte pas de bobettes. *Non, c'est non !* La lingerie, c'est pour les défilés, pas pour les putes pratiquantes. Maple insistait, mais c'était mon travail de proxénète responsable, je devais veiller au budget. *Des bobettes noires du Rossy, au pire, on chargera un extra au client qui voudra les déchirer, mais pas de dentelle !* Rêveuse, Maple restait plantée devant la vitrine, toute consacrée à apprécier la fourche des mannequins de bois. *Regarde comme c'est mignon, ça, les cœurs mauves dans le froufrou.* Je l'ai prise par le bras. *Viens-t'en, tu te fais souffrir pour rien. Fait déjà trois jours de trottoir pis on n'a pas les moyens de faire une épicerie qui a de l'allure. Avant de mettre des cœurs dans le froufrou, on va mettre de la viande dans l'assiette !*

Je devais lui changer les idées au plus vite. Maple commençait à chigner, prémisse d'une crise de nerfs. Une semaine de fréquentation avait suffi pour me faire appréhender ses sautes d'humeur. Elle pouvait se mettre à pleurer ou éclater de rire pour un rien, et même moins. Une fois lancée, tout y passait : les insultes, les menaces, les larmes, puis les promesses et les câlins. Une enfant. Je devais la consoler chaque fois. Notre relation prenait des allures parentales inquiétantes.

D'un autre côté, avec tout ce qu'elle devait refouler et avaler chaque jour, je pouvais la comprendre. Sans compter les irritations et agressions inhérentes au métier. À force de tout glisser sous le tapis, faut pas s'étonner que la détresse prenne du relief. Bon prince, j'endurais ses crises et je la réconfortais, lui promettais tout un ensemble de jarretelles dès qu'on aurait les grands moyens.

Professionnelle, elle retrouvait son aplomb dès que le client se pointait le bout de la bite. Par le flair et l'expérience, elle les sentait venir à cent mètres. Aussitôt, elle abandonnait ses caprices, remettait son masque de femme fatale et roulait du cul. Donnant un petit coup de langue entre chaque mot, elle appâtait sa proie. *Rahahaha, t'as enfin trouvé l'amourrr, beau chercheur d'or…* C'était sa ligne préférée. Dès qu'elle repérait un poisson, elle la balançait au milieu de la rue, dans le trafic, en espérant que ça morde. Ça mordait moins qu'on le souhaitait. Les habitués réservaient leurs économies pour les occasionnelles du Grand Prix, et Maple devait faire face à une compétition féroce.

Le monde s'offre plus qu'on le demande. Dans notre quadrilatère seulement, on comptait du transgenre en tout genre ; avec de la queue ou pas, des seins ou rien, même un hermaphrodite avec les deux options et des totons neufs à cinq mille piastres la paire. Dur d'aller chercher sa part de marché. Sans parler des débutantes, les amoureuses de Crips et autres copines de Bloods, fraîchement sorties des centres d'accueil pour la saison estivale. Motivées à fond, avec l'énergie de la jeunesse, certaines pouvaient s'enfiler une douzaine de clients par jour, sans compter leurs amoureux et autres associés. Compétition déloyale.

Ratio plutôt maigre, Maple se tapait une moyenne de quatre queues par jour, à peine. Et fallait aller racoler jusqu'au milieu de la rue, consentir des rabais, des extras et promettre des émotions fortes. Pour ça, j'étais convaincant. Ayant connu le vacuum en question, je pouvais le recommander avec enthousiasme. Toutefois, j'essayais le plus possible d'éviter les contacts avec les clients. Ce sont des gens réputés peu propres, comme au figuré.

Pour être honnête, j'y croyais de moins en moins, à notre business. Même si j'assurais la surveillance à distance, et que les poulets sont plutôt complaisants avec l'attrait touristique qu'est la prostitution, je me sentais vulnérable, inutilement exposé. Surtout, j'endurais des heures perdues sur le trottoir pour une centaine de dollars à peine. Un coup de bite dans l'eau. En déduisant l'achat de mon nouveau couteau à cran d'arrêt, mes cigarettes, l'alcool, les pilules et les poutines, il me restait quinze piastres en poche, quinze piastres et cinquante pour être précis. Pas de quoi acheter un véhicule performant et des fusils d'assaut pour accomplir ma mission.

*

Céline est écoutée davantage qu'il n'est lu. Ma cible s'est éloignée, intimidée. Faut dire que c'est un trait d'esprit particulièrement puissant pour qui possède un certain bagage culturel. Et je lui en présumais, du bagage, à la brunette taciturne. Elle portait son lot de bouquins sous le bras, et de poitrine sous le tailleur. De surcroît, elle fouinait dans la section des romans français, mes préférés. C'était un signe.

Je présume qu'il y a des ouvrages intéressants chez les rares lettrés de l'Afrique, chez les intellos épargnés des juntes sud-américaines ou dans la dynastie Wong, mais les auteurs français, c'est le summum, les mètres étalons. Mais Français de France, faut s'entendre ; pas la bouette du terroir ou la masturbation autofictionnelle bien de chez nous, non. La littérature française ou rien. Pure et dure comme le Marquis.

J'ai appliqué un peu de salive à ma crête et me suis approché de la brunette, furetant à proximité d'elle. Comme un guépard prêt à bondir, j'attendais qu'elle saisisse un livre et me permette de déployer ma culture à nouveau. Elle en a agrippé un, enfin. *Perec a réussi à écrire tout un roman sans utiliser la lettre E. Sans grand intérêt non plus, par contre. Plate à mort, je me suis forcé à lire cinquante pages pour trouver la fameuse lettre. Je me suis tanné vite, avec un E !* En totale maîtrise de ses moyens, elle n'a pas éclaté de rire. Mais elle a déposé le pavé du petit Georgy, par contre. Docile, comme je les aime. Elle marquait des points.

On se draguait ferme. Je m'apprêtais à l'inviter aux toilettes de l'étage inférieur, question de passer au niveau supérieur de notre relation. Je ressentais un peu de culpabilité, j'étais engagé auprès de Bébette, et de Maple, d'une certaine façon. Mais je n'étais pas infidèle, au contraire, j'étais fidèle à moi-même et j'aime la diversité.

Si je peux me permettre, vous devriez revenir par ici, vers Victor Hugo. Il les torche tous, à plate couture ! Le bonhomme a fait de l'essai, du roman, de la poésie, c'est à se demander où il trouvait le temps d'être alcoolique. Admirable, non ? Un pas de recul. *Oui, oui, merci, je connais, j'enseigne la littérature à l'université.* Kaboom, c'était dans la poche : quand une femme vous révèle les détails de sa vie professionnelle, elle a déjà le string aux genoux. *Je suis un fucking fan de littérature française, c'est génial qu'on se rencontre ! T'as plein de choses à m'apprendre, c'est sûr !* Quelques pas de recul, un rire nerveux et elle a tourné les talons. *Attends-moi, faut se parler, on a plein d'affaires en commun !* Je dévalais l'escalier à sa suite, j'allais la rejoindre au comptoir des réservations quand je me suis vu la face.

Cette maudite face maigre, je commençais à en avoir mon quota, ma dose et mon souper. Pas que je manque d'égocentrisme, mais les médias abusaient de mon cas. Je comprends que leurs stagiaires n'ont rien à couvrir l'été, mais quand même, faire la une deux fois dans la même semaine ! J'ai abandonné ma promise à l'emprunt de ses livres et j'ai ramassé le tabloïd. *Un meurtrier dans nos rues !* Franchement, c'était l'annonce de la sortie d'un film de Tarantino ou un article digne de ce nom?

Bien que reconnu criminellement non responsable blablabla, *surnommé « la Bête »* blabla, *deux meurtres et autant de tentatives à son actif* blablabla, *viol aggravé* blabla *ministère de la Justice dans l'eau chaude et* blablabla, *projet de loi pour systématiser les prélèvements de salive* blablabla, *confirmation à la suite de l'analyse des échantillons de la mère*... Maman!

... *ADN mitochondrial de l'assassin confié au laboratoire d'analyse médico-légale de Québec.*

Qui dit analyse dit dossier. Qui dit dossier dit informations sur ma mère. Qui dit informations sur ma mère dit tassez-vous de mon chemin, je fonce dans le tas!

⁎

Faut pas m'abandonner, ti-gars, on est une équipe! Maple le prenait personnel, c'était prévisible. Elle a levé les mains dans les airs, j'ai haussé ma garde. Avec elle, difficile de déterminer si c'était pour me frapper ou me prendre dans ses bras. *Aaarararah!* Elle s'est mise à pleurer pour de faux, en s'arrachant des touffes de cheveux. *Tout le monde me laisse tomber tout le temps!* La nuance demeurait un concept étranger pour elle. *Personne m'aime, arararaaah!* Sur le trottoir brûlant, je me suis assis à côté d'elle, lui ai flatté la cuisse et l'ai rassurée. *Tu sais, on va tous crever seuls, isolés, avec nos secrets, nos peines et nos regrets. Pas juste toi qui vis ça, tout le monde est condamné au même sort cruel, c'est de même.* Mes lectures existentialistes me servaient enfin.

Mais je veux pas ça, je veux être aimée, moé ! Gamine usée, Maple s'est blottie contre moi, me suppliant de rester avec elle. C'était valorisant, mais je devais retrouver ma mère. *J'ai ma chance de la retrouver, à Québec. Mais elle est comme prisonnière du système, tu comprends ? Faut que je descende là-bas, que je me batte, peut-être, que je tue des méchants. C'est risqué.* Ses yeux pétillaient, je représentais le héros chevaleresque de tous les livres qu'elle n'avait jamais lus. *Tu l'aimes pour vrai, c'est beau !* L'héroïsme m'allait bien, c'est un fait. *C'est beau, mais c'est dangereux. Faut que je trouve une passe de cash plus payante que toi pour m'acheter un gun pis un char.*

J'veux y aller avec toé ! J'ai de la famille à Québec en plus. M'as mettre les bouchées doubles, m'as nous sucer un voyage aller-retour ! Come on ! Elle voulait tellement qu'elle est parvenue à m'y faire croire. Avec les revenus du Grand Prix, tout était possible. Le cœur gros d'amitié pour Maple et d'amour pour ma mère, j'ai dit oui. *Oui !* Maple éructait de joie. *Je le savais qu'on resterait ensemble !*

OK, ti-gars, on va travailler comme des fous toute la semaine, on va se prendre au sérieux en masse, mais à soir, on fête ça ! Québec, calvaire, ça fait vingt ans que j'ai pas mis les pieds dans c'te trou à marde-là, faut ben célébrer ! Je me suis dit qu'Épicure devait avoir écrit une citation qui abondait en ce sens, je vérifierais plus tard. *T'as raison, ma belle Maple, on va fêter ça !*

*

L'équilibre plus précaire qu'une carrière artistique, Maple et moi tenions l'un à l'autre. En fait, nous nous soutenions l'un et l'autre pour ne pas nous effondrer sur le trottoir. Notre objectif de randonnée consistait justement à pallier les effets négatifs de nos alcoolémies respectives par l'absorption de doses considérables de cocaïne. D'où notre pénible procession vers l'appartement de Caillou. Ma petite voix intérieure me criait de ne pas y aller, mais la grosse voix du plaisir, fort désinhibée par moult litres de vinasse, me susurrait de poursuivre ma route. *À bâbord, toutes !*

Bébette a ouvert. *Bééébette, t'es tellement belle.* Je suis tombé dans ses bras en m'invitant dans l'appartement. *Coucou Caillou !* Les yeux plus ronds que quatre dollars canadiens, l'interpellé n'en revenait pas. C'est officiel, il m'aurait sauté à la gorge s'il n'avait eu les mains pleines. Précieuse recette, Caillou virait de la freebase à la torche, direct au chalumeau, dans une spatule. Pas à la cuillère comme un petit toxico, non, il virait des grammes de poudre à la spatule ! *M'as te le dire, Cailleyou, pis c'est pas parce que j'ai bu, là, noooonon ; tu es un homme admirable. On pourrait être de grands amiiiis.* La substance bouillonnante bouillait moins que lui. *M'as le tuer, c't'estie-là, m'as le tuer.*

Attends, on a du cash ! Super-Maple a volé à ma rescousse. Langage universel, le chiffre permet toujours de se comprendre, même quand on n'est pas sur la même longueur d'onde. Il a déposé la spatule et sa poudre croûtée sur la table du salon, parmi les canettes, les cendriers, les restes de kebab et une seringue. Il a aussi éteint la torche, ce qui m'a rassuré, compte tenu de sa propension légendaire à utiliser des armes de fortune pour gérer ses conflits. Pour détendre l'atmosphère, j'ai fredonné un peu de Sans Pression : *Territoire hostile, yo, prêt à mourir, prêt à tuer, hostile sauf quand le buzz est allumé… Ta yeule, toé ! Calvaire, Maple, quelle estie de crevette tu t'es ramassée là ?* J'envisageais de le dévisager, mais je n'étais pas en état. Loyale à l'os, mon amie lui a conseillé de se mêler de ses affaires et de nous refiler un gramme et demi d'épices colombiennes. J'ai profité de la transaction pour faire des yeux doux à Bébette, peu réceptive.

Rare soirée où Maple portait une brassière, elle a saisi l'occasion d'y dissimuler le sachet. Capitaine de manœuvre, elle m'a aidé à quitter le mur, salutaire soutien logistique contre lequel je m'appuyais. *Viens-t'en, ti-gars, on rentre à maison.* Peut-être par jalousie, pour impressionner et reconquérir le cœur de Bébette, ou par pur esprit de fanfaronnade, je me suis permis une petite boutade avant de sortir : *Les chauves, y bandent mou !*

C'en était trop pour Caillou. Tel un aveugle dans une partouze, je n'ai rien vu venir, mais je l'ai senti. Il a dû bondir derrière moi et me frapper dans le dos, avec élan. Projeté dans le corridor crasseux, je me suis arrêté contre un mur. C'est le front qui a encaissé l'impact, en plein sur la cible, *bing* ! Je me suis retourné, une répartie cinglante sur son manque d'humour au bout des lèvres, mais il m'a interrompu de son crâne glabre dans les dents, *bram* ! Aussitôt, le sang a coulé sur mon menton et dans ma gorge. Puis, irritant ma trachée au passage, j'ai avalé une dent. *Oooh non, oftie de cave, t'as caffé ma nouvelle dent ! Câliffe, une belle dent neuve payée par le gouvernement...*

*

Maple m'a escorté à l'extérieur avant de me laver le visage avec mon propre chandail. Toutes les raisons de consommer sont bonnes, mais là on en tenait une belle. Se faire péter la gueule, ça donne soif. Même à Maple, c'est dire à quel point c'est une femme empathique. *Mais où effe qu'on va trouver à boire à fette heure-là ?* Ma péripatéticienne m'a traîné jusqu'au Pink Tiger, un repaire vietnamien où on sert des fœtus de canards et de l'alcool au rabais. Elle connaissait un des demandeurs de visa, très personnellement. *Je suis la seule qui accepte d'utiliser des nouilles aux œufs sans charger d'extra*. Sacrée Maple, elle se spécialisait en tout. *OK, ve comprends...*

Une bouteille de fort sur le bras, rangée sous l'aisselle, on reprenait la route vers l'appartement. Ma lèvre et mon amertume enflaient à vue d'œil. Caillou allait me le payer, je comptais exercer ma vengeance, au sens thérapeutique du terme, dans les plus brefs délais. Mais assassiner ce coprophage notoire risquait d'attirer l'attention des poulets sur ma poule et moi. Dure, la vie de tueur en cavale, il me faudrait attendre.

Avec le temps, les choses se placent, comme un couteau entre deux vertèbres.

Le saint patron des amputés a intercédé en ma faveur et m'a permis de retrouver l'éclat de ma dent à la surface de mon dégueulis. Le mélange d'alcool viêtcong et de cocaïne m'avait levé le cœur, une nausée salutaire. Avec un fond de tube de colle forte, Maple a joué au dentiste improvisé. Même si la dent était un peu décalée, ça ne paraissait presque plus et j'ai retrouvé mon élocution virile. *Merfi, Maple, merci beaucoup !*

*

La nuit sombrait dans le jour. Dans les rayons de l'aurore dysphorique, nos sexes irrités, la paranoïa exacerbée, on se figeait dans le temps. La poussière nous flottait autour de la tête. On se levait à tour de rôle, jetait un œil par les stores, s'assurait qu'il ne se passait rien dehors, rien d'autre que la vraie vie, avec les voitures des contribuables et le chant discordant des oiseaux épanouis. Les valises violacées sous nos yeux rougis contenaient le cadavre de la journée à venir. Trop tard pour en tirer parti. Fallait attendre que le jour se lève et que le down se couche.

La journée s'annonce longue. Maple étirait notre dernière bière en roulant et déroulant notre dernier bill dont on s'était servis pour sniffer notre dernière ligne. *Y reste juste deux cigarettes.* Elle ne me répondait même plus, tout imprégnée de la détresse inhérente aux redescentes. Khabill Gibran, malgré ses origines, l'a bien écrit, en arabique : *Tu payes ta douleur dans le creuset de ton fun.* On ne s'en sort pas.

Je sors faire un tour, OK ? Comme les poils d'un chat sur une chemise noire, l'anxiété lui collait partout. Recroquevillée, les poings serrés, les traits tendus, elle me donnait envie de l'aider, mais la détresse, c'est personnel. *T'es correcte, Maple ? Je vais te laisser te reposer un peu, on a exagéré hier. Essaie de dormir, je vais à la bibli pis je reviens. Tu veux que je te prenne Christiane F. ? Ou du Nelly ?* L'angoisse lui enlevait les mots de la bouche. Mais elle m'a fait signe, a hoché la tête, tête que j'ai flattée du bout des doigts. Elle ne voulait rien. *Je reviens vite, je vais prendre soin de toi.* J'ai vu ses yeux se mouiller, c'en était trop pour tout le monde, j'ai quitté son appartement sans me retourner.

*

Dur de retourner dans la réalité. Pas juste la gueule de bois et les pieds de plomb qui me pesaient, l'atmosphère était lourde, le ciel bas, la ville sale. C'était un jour à rester couché, mais Maple survivait mal au backlash et drainait le peu d'énergie qui me restait. Valait mieux prendre l'air, quêter de la monnaie, trouver des cigarettes et aller me changer les idées dans les livres. Faisait un bail que je ne m'étais pas tapé du Cioran, ça me remonterait le moral.

À peine sorti du bloc, zieutant de gauche à droite pour repérer la police, j'ai repéré la police, à droite. Une patrouille à l'arrêt, dissimulée derrière une haie de cèdres, à deux cents mètres. Ils étaient tapis là pour ma protégée ? Pour moi ? Je n'allais pas leur offrir l'occasion de m'en informer.

Planté sur le trottoir, nonchalant, je fixais la bâtisse de l'autre côté de la rue, mais je gardais le véhicule dans mon champ de vision, le surveillais en mode furtif. J'ai feint de m'étirer, les phares du véhicule se sont allumés, les policiers démarraient. C'était mon signal de départ. J'avais la gueule salement amochée, mais les mollets et l'envie de liberté en grande forme.

J'ai détalé sur ma gauche, ils ont donné un coup d'accélérateur, se sont engagés derrière moi, mais n'ont déclenché aucune sirène. Escaladant une clôture métallique, j'ai coupé entre deux immeubles, bifurqué sur la droite, traversé un stationnement en haute vélocité, j'ai débouché dans une rue inconnue, je me suis faufilé entre deux triplex et me suis planqué derrière un arbuste. Et j'ai attendu.

J'ai attendu longtemps, pour rien. La flicaille a emprunté une autre rue, sans appeler de renfort. J'avais été trop rapide, je ne pouvais déterminer s'ils m'avaient identifié, s'ils me guettaient pour m'attraper, s'ils étaient là par hasard, s'ils allaient me tirer à vue. Mille scénarios défilaient sur l'écran de ma panique. Difficile de savoir où commence la paranoïa quand tu as d'excellentes raisons de t'inquiéter.

⁎

La tête mouillée à même la champlure d'une résidence privée de chien de garde, je me suis écrasé la couette, j'ai enfoncé ma casquette par-dessus le tatouage tuméfié et repris ma route, incognito. Je descendais vers le centre-ville, perdu dans mes pensées, quand je me suis retrouvé devant l'évidence. Je devais larguer Maple, c'était un poids mort, un cadavre de jument qui me ralentissait. Une jument que j'aimais, une amie et une associée, mais un boulet et un risque malgré tout. Elle devait parvenir à me trouver de quoi acheter un gun et un char dans la semaine à venir ou je la laissais, ma décision était prise. Tout proxénète qui se respecte doit d'abord veiller à ses intérêts.

La faim flottait dans la bile de vinasse, me nouait les tripes. En périphérie du centre-ville, je me suis posté à l'entrée d'un Subway, résolu à me faire offrir un sandwich au glutamate. *Bonsoir, madame, un petit six pouces pour moi ?* J'ouvrais la porte à chaque personne, sans discrimination. De toute façon, je ne suis pas sexiste ni raciste, moi, je méprise tout le monde égal. *Bonne soirée, monsieur, n'hésitez pas à m'en rapporter un, sauce ranch !* Ça mordait pas fort, j'allais me tanner et fouiller leurs poubelles quand elle est apparue, amazone flamboyante, sortant d'un bus.

Bébette portait un nouveau collant, mauve, fraîchement déchiré, et une pancarte. J'ai abandonné ma carrière de portier et traversé la rue en gueulant son nom. Elle m'a attendu sur le trottoir, son inutile pancarte altermondialiste sur l'épaule. *Salut !*

Allô ! Elle m'a serré dans ses bras, pleine de compassion, mais sans amour. L'amour, ça s'use ; ça suce, mais c'est de même. Je sentais qu'elle ne ressentait plus rien d'important pour moi. *Désolée pour hier, tu cherchais le trouble, mais tu méritais pas ça.* Éternel taquin, j'en ai remis une couche : *Pauvre Caillou, la vérité choque !* Elle a souri, jaune. *En tout cas, arrête de dire que je suis ta blonde, je suis la blonde de personne.* Elle s'est mise à marcher vers le nord, je l'ai suivie, j'essayais de sauver les meubles. *Ça se décide pas à sens unique, avec tout ce qu'on a vécu, t'es ma blonde un peu, quand même.*

Non, je suis pas ta blonde, on a trippé ensemble deux ou trois nuits, c'est tout. On n'est rien d'autre que des amis. Pis laisse-moi te donner un conseil d'amie : tiens-toi loin de Maple, c'est un paquet de troubles. Elle dévoilait son jeu, la chatte sortait du sac. *T'es jalouse ? T'es jalouse de Maple ! Voyons donc, c'est pas ma femme, c'est ma pute !* Plus intransigeante qu'une politicienne drapée de féminisme, elle s'est arrêtée sec et m'a pointé un index sous le nez. *Tu devrais jamais traiter une femme de pute, jamais ! Pis si y en a un qui se fait fourrer dans cette affaire-là, c'est toi !*

Confus, triste et éprouvant d'autres émotions connexes, je l'ai regardée partir avec sa rectitude morale. Notre belle complicité s'était déjà évaporée ? Oui, rien ne dure, non, même pas Rocco Siffredi. J'ai entamé une réflexion sur le sens de l'existence dans un monde où tout espoir de tresser une relation autour du fil du temps est aussi vain qu'épuisant, mais j'y ai coupé court. Affamé, j'ai entrepris de fouiller le conteneur du restaurant, question de manger mes émotions.

*

Le soleil se couchait sur la ville, et la ville aimait ça. Entre la fin d'une manif de la gaugauche et le lancement d'un énième festival de musique, les faunes se mélangeaient dans son ventre chaud, les tripes de la métropole grouillaient de partout. Le parc Émilie-Gamelin contenait plus de bêtes exotiques que le zoo de Granby n'en séquestrera jamais. Par centaines, des festivaliers se fondaient dans la masse des punks, toxicos et autres habitués de la place. Le métro crachait du quidam en flots continus. De toutes les couleurs, de toutes les odeurs et pour tous les goûts. Je me frottais dans le tas quand j'ai repéré la cible idéale : un mulet bridé chargé à bloc, à la traçabilité complexe.

Par-derrière, j'ai approché le Coréen au kodak. Il mitraillait deux compatriotes de sexe indéterminable portant des habits féminins. Lesdits modèles gardaient la pose, affichaient le sourire épanoui et le V de la victoire sur chaque cliché devant les représenter en territoire conquis. Leurs sacoches accrochées à l'épaule du patriarche le faisaient pencher d'un côté, mais son équilibre se préservait par le port d'un chic sac-banane à la ceinture. Ça embaumait l'économie émergente à plein nez, des nouveaux riches prêts à se faire plumer par mes soins.

No no, thanks. Il ne voulait pas me laisser l'amadouer, ni me confier son appareil. *I will prendre la picture, you can trust me ! No thanks !* Je voyais que ses muses s'inquiétaient, à dix pieds devant. *Yes, tabarnak, j'ai dit yes, donne-moi le kodak !* Des griffes de vautour se sont plantées dans mon épaule. J'ai jeté un regard derrière moi, c'était une patte de poulet. *Are you okay, sir ? That man causing any trouble ?* Le Coréen était sur le point de se dévisser la tête tant il l'agitait en tous sens. *No no, thanks, no no.* Belle constance dans l'interaction. Mon arythmie cardiaque s'est régulée quand l'agent a lâché prise, me recommandant de quitter le parc. J'ai pas pris de chance, je lui ai répondu en anglais : *Yes sir !*

*

Du trottoir d'en face, je surveillais ma proie. Le bridé a dû remplir trois cartes mémoires juste en photos de buildings. Un architecte, peut-être. Je patientais, quêtais quelques pièces, pour faire bonne figure, comme dirait Sartre. Après avoir photographié tout ce qui existait d'immeubles, de manifestants et de lampadaires, mon représentant Samsung a entraîné ce qui devait être sa femme et sa mère, ou sa sœur et sa fille, et ils ont sauté dans la foule en marche. Inconscients du danger, ils se dirigeaient vers l'est, le quartier gai et ses effroyables guirlandes roses.

Le sens du devoir bataillait contre l'appât du gain. La ville débordait de clients potentiels, j'aurais dû faire tapiner Maple, ma poule, mais je pressentais que mes pigeons étaient farcis aux petites coupures. *All in !* J'ai décidé de tout miser sur la bourse asiatique.

Plongeant dans le flux de piétons à mon tour, j'ai laissé un peu d'écart entre mes cibles et moi. Un écart difficile à maintenir, étant donné qu'ils s'arrêtaient pour immortaliser tous les coins de rue. Et Sanchopanza qui jappait à fendre l'âme chaque fois que je le posais au sol. J'ai vérifié qu'aucun policier n'avait repéré mon manège et j'ai poursuivi ma filature.

Fin limier, je suis resté sur leur trace jusqu'en territoire ennemi. Tout ce qu'on ferait pour du cash ! J'évitais les velus en cuirette et les madames ambiguës du mieux que je pouvais. Mais Sanchopanza gagnait en popularité au fur et à mesure que l'on s'enfonçait dans le cul du village. Compliqué de repousser les assauts de ces déviants avides de caresser mon chien, tout en maintenant les bridés dans le collimateur. Mais j'ai de la ressource et je suis parvenu à les suivre à bon port. Le bon port étant une rue perpendiculaire, résidentielle, débouchant sur la grosse tour brune du média subventionné.

Peu enclins à écouter la radio de l'indigène, mes pigeons devaient ignorer la présence d'un dangereux, mais noble et courageux prédateur dans les rues de la métropole, c'est-à-dire moi. Ils ne devaient pas comprendre le français, de toute façon. Ces sauvages de l'Orient communiquaient par des borborygmes fort éloignés de cette langue belle avec des mots superbes, qui porte son histoire à travers ses accents, où l'on sent la musique et le parfum des herbes, le fromage de chèvre et le pain de froment.

Une des femmes s'impatientait tandis que l'homme farfouillait dans son sac-banane. C'était plus qu'un bonus, je tombais sur le jackpot : il cherchait les clés d'une voiture de location. J'allais me renflouer les coffres et me véhiculer du même coup. Prévoyant, je préférais laisser monsieur trouver les clés avant de fondre sur lui comme un aigle hurlant. Dès qu'il a brandi le trousseau, j'ai quitté mon poste de guet, un buisson, et me suis rué sur eux, couteau à la main. *This is un hold-up ! Donne-moi tes keys pis ton cash !* Je devais faire vite, des fêtards s'engageaient dans la rue, déjà à portée de voix. *No no, thanks !* Je lui ai arraché le trousseau des mains. *Y a pas de no thanks, tabarnak, donne-moi ta sacoche, toi aussi, crisse de folle, give give ! Ah pis mange d'la marde !* Un héros du dimanche approchait au pas de course, sa clique derrière lui. Plus de temps à perdre, je me suis enfermé dans la voiture avec mon chihuahua, une sacoche, un sac-banane et une forte dose d'adrénaline.

Un char manuel, calvaire ! J'ai étouffé au premier essai. Au deuxième aussi. Je n'avais pas conduit ce genre d'aberration depuis tant d'années, j'avais du mal à manœuvrer en parallèle sans caler le moteur. Surtout avec les cris de panique des bridés et le fefi en camisole mauve qui essayait d'éclater la fenêtre à coups de coude, sans doute pour impressionner sa gang de pédérastes. *Vrrrrmm, ciao connards !* Une chance que j'ai le sang froid !

*

En sueur, le cœur en mode infarctus imminent, j'étais heureux. Heureux mais stressé, j'en conviens. Haletant, j'essayais de reprendre mon souffle et de calmer la douleur qui me transperçait la cage thoracique : un point de côté digne de Benoît Johnson avant qu'il ne tombe pour dopage, ou trafic ? Je ne me souviens plus très bien, une activité ethnique en tout cas. Quelle course ! Pas de doute, je venais d'accomplir l'équivalent d'un marathon en mode sprinteur.

Quitter les lieux du crime avec la voiture s'avérait logique, mais je n'arrivais pas à changer les vitesses et le brouhaha avait alerté la police, inévitablement. Surtout, les sodomites ayant tenté de m'empêcher de quitter la scène avaient sûrement donné mon signalement et le numéro de la plaque. J'allais me faire coller par la première patrouille en service. J'ai abandonné le carrosse près d'une station-service et repris la fuite à pied, avec ma sacoche et mon sac-banane.

Un punk avec une sacoche, ça attire l'attention. J'ai fait un second arrêt derrière une église pour inspecter mon butin. Rackham le Rouge n'aurait pu rêver de mieux : des billets de cent, des billets de cinquante et encore des billets de vingt, à profusion. J'ai tapé dans le mille. Les touristes venaient de débarquer au pays, je les dégorgeais de leurs liquidités au bon moment. Sans prendre le temps de compter, j'ai rempli mes poches, mes bas, mes bobettes et poursuivi ma course de plus belle.

C'est loin, Rosemont, à partir du centre-ville. Mais je courais sans ralentir, je courais vers ma destinée, porté par les ailes de la richesse.

*

La douleur avait quitté mon flanc, j'arrivais à respirer sans râler, mais je suis resté accroupi contre la porte de l'appartement encore une dizaine de minutes. Malgré les détours et les dédales que j'avais empruntés, je craignais que la police m'ait suivi, qu'elle cogne à la porte ou la défonce. Et la patrouille de l'après-midi était peut-être au coin de la rue, dans l'attente de renforts. J'ai préféré patienter, en comptant le fruit juteux de mon labeur.

Assez de temps était passé depuis mon arrivée, je pouvais me détendre. Me détendre dans la mesure où l'excitation me galvanisait, me permettait tous les rêves possibles. J'étais riche, presque deux mille dollars en poche ! On tue tous les jours, sur tous les continents, pour moins que ça.

Convaincu que Maple faisait le trottoir d'elle-même, j'ai rompu le silence en sifflotant une sonate de Bon Jovi. J'ai bu un verre d'eau, puis un autre, et un autre. J'avais hâte d'accueillir Maple, et de la renvoyer nous chercher du vin luxueux au dépanneur, avec un bouchon de liège, rien de moins. Notre voyage à Québec se concrétisait, ça méritait une gorgée de rouge.

Puis j'ai eu un doute ; j'ai repensé à la mise en garde de Bébette et j'ai tergiversé. Quels ennuis Maple pourrait-elle me causer ? Pourrait-elle m'empêcher de retrouver ma maman ? Travaillait-elle vraiment en ce moment, ou m'avait-elle reconnu et elle me dénonçait au poste de quartier à l'instant même ? Non, c'était mon âme sœur, mon amie depuis plusieurs jours déjà, elle ne pouvait pas me trahir. Je peinais à me croire, l'inquiétude me gagnait, mais je tentais de relativiser. C'est en allant pisser que je me suis presque pissé dessus.

Tabarnak, qu'est-ce tu fais là ? Étendue dans le fond du bain vide, toute nue, une lame de rasoir à la main, elle s'est mise à pleurnicher. *Je pensais que tu m'avais laissée tomber, que même toé tu voulais pus de moé.* Freud et ses stagiaires feraient peut-être un lien avec des moments clés de mon enfance, mais quand je l'ai vue dans le bain, sur le point de se trancher les veines, c'est venu résonner fort dans l'inconscient, et dans le conscient aussi. *Nooon, fais pas ça !* Je me suis jeté sur elle, lui ai arraché la lame des mains, me coupant au pouce, je l'ai saisie par les cheveux et l'ai sortie de la salle de bain sans ménagement, ouvrant les portes avec sa tête.

Le lit défait l'a attrapée au vol. Elle hurlait, paniquée. *Arrête, arrête, je m'excuse !* J'ai vu noir, et rouge, et rien venir. J'ai repris mes esprits à califourchon sur elle, le poing dans les airs, à la limite de l'irréparable. Je ne sais quel incompréhensible transfert psychosomatique du subconscient clinique me possédait, mais j'étais sur le point de frapper mon amie. *Cogne-moé pas, j't'en supplie !* Je m'effrayais moi-même.

Malgré ma main ensanglantée, j'ai saisi son visage et je l'ai embrassée, partout, avec les lèvres, avec la langue, sur la bouche, le front, les yeux. *Pardonne-moi !* Et je pleurais sur elle, sur le lit, sur ma vie. Pire qu'avec Bébette, je geignais, braillais, incapable de m'arrêter. Apeurée, Maple tremblait au début. Mais je n'arrivais à rien dire, entre deux sanglots je parvenais à peine à respirer. Après quelques minutes, elle a compris et elle m'a flatté le crâne, m'a tapoté le dos. *Vas-y, ti-gars, pleure, vas-y, ça va faire du bien.*

*

Deux mille piasses ? Calvaire, certain qu'on en a assez pour te trouver un gun, un char, pis retrouver ta mère ! Maple n'en revenait pas, tous des billets neufs, encore beaux malgré leur passage dans mes bobettes, étendus sur sa table de mélamine, les faces des monarques du bon bord. *Câlisse que c'est beau, de l'argent. Y diront ce qu'y voudront, les téteux de musées, mais du bel argent ben aligné, c'est de l'art !* À travers la boucane de nos cigarettes, ses yeux brillaient de mille feux de forêt. *Si tout se passe bien, on va emménager les trois ensemble !* Elle m'a sauté dans les bras. *T'es le plus beau, t'es le plus fin, t'es le plus toute du boutte d'la marde, toé ! Je t'adore ! Je suis tellement conne d'avoir pensé que tu m'abandonnais, s'cuse-moé encore, je te mérite pas.* Son intensité ne souffrait d'aucune carence.

J'ai ouvert deux canettes de bière, question de changer de sujet. Je ne voulais pas revenir sur mon débordement de la veille. Ça m'inquiétait de perdre mon stoïcisme, de virer émotif. J'imagine que ce sont mes années de psychiatrie les responsables de cette faiblesse, mais quand même, un homme doit savoir se tenir, il n'éclate pas en sanglots dans les bras de sa pute pour un oui ou pour un non. J'ai calé ma canette et repris le contrôle des opérations. *Y va-tu finir par arriver, Capetaine ?*

*

Capetaine profitait d'une réputation enviable dans la rue. Il trouvait de tout et ne se souvenait de rien, un gars fiable. Maple le connaissait depuis toujours et s'en portait garante, il me fournirait l'arme et la voiture nécessaires à la réalisation de ma mission : descendre à Québec, récupérer les informations, localiser ma mère et faire exploser le laboratoire pour brouiller les pistes. La partie explosion serait plus délicate, je n'avais pas les moyens de me procurer de bombes par Capetaine, trop coûteux. On ne connaissait pas de musulman bénévole non plus. Tant pis, j'improviserais sur place, les laboratoires regorgent d'éléments explosifs, c'est documenté dans tous les films d'action. Avec un peu de chance, je trouverais de quoi faire sauter le labo et la moitié de la capitale du même coup.

Prudents, on sirotait nos canettes avec modération. Pas question d'être ivres au moment de négocier. J'arrivais à me gérer la soif, mais Maple avait le coude léger. *Calme-toi, crisse, y est pas encore midi.* Elle s'est renfrognée. *T'es rendu au-dessus de tes affaires depuis que t'es riche, toé !* Elle allait me refaire une crise, elle s'enfonçait déjà dans son coin du sofa, en mode boudage. J'allais jouer le jeu, la rassurer et la taquiner pour rétablir le contact, mais on a cogné à la porte en utilisant le code : trois petits coups, puis deux petits coups et encore trois petits coups avant de redonner quatre petits coups. Capetaine venait à ma rescousse !

*

C'est pour passer Caillou ? Maple a paru aussi surprise que moi. *Non, pourquoi tu me demandes ça ?* Il a baissé d'un ton, soulignant la gravité de son propos. *J'ai entendu parler du gars avec la cible dans le front, y doit pas y en avoir douze en ville. Paraît que t'as eu un différend avec lui, je me suis dit que t'allais le régler pis sacrer ton camp.* C'était flatteur d'être considéré comme l'assassin potentiel d'un trafiquant notoire. *Je lui en dois une, mais…* Il a levé un index autoritaire. *Tetete, t'as rien à m'expliquer, tu fais ce que t'as à faire. Moi, je fournis les outils, c'est tout. Pour le reste, moins j'en sais, mieux c'est.*

Criminel de haute voltige, Capetaine ressemblait étrangement à un policier. Polo sobre tendu sur un corps musclé, vierge de tatouage, barbichette, coupe de cheveux du gentil garçon, même ses bottes cirées passaient le test, il aurait fait un excellent poulet, en apparence. Paraît qu'il ne faut pas s'y fier, aux apparences. Il a déchargé l'artillerie de son sac à dos, trois armes de poing de toute beauté. Les connaisseurs sauront apprécier la valeur des bijoux exposés : un Ruger GP100, canon 4 ¼ pouces à crosse lustrée fini bois, un Smith & Wesson M&P 22 noir mat et un Sig Sauer P226 X5 X-Press chromé. *Magnifique !* Même Maple reconnaissait la qualité de cet arsenal.

J'ai manipulé les jouets, un après l'autre, je les ai soupesés, j'ai vérifié la résistance des détentes, le confort des gâchettes. Quel sentiment de puissance, non, quelle puissance ! C'était plus qu'un sentiment. Quand on met un gun dans les mains d'un homme, il l'est déjà davantage. *J'ai envie de garder les trois !* Capetaine a ricané, habitué de voir ses clients enthousiasmés par de si nobles objets. *Si t'as l'argent pour, pas de trouble, mais avec le char qui vous attend dehors, ton budget est serré.* Il avait raison, et je devais m'en faire une.

Je prends le Sig Sauer ! Un outil allemand, c'est fiable, surtout pour éliminer des humains. Ils ont fait leurs preuves. Capetaine a opiné, reconnaissant la justesse de mon choix. *Si tu tires à bout portant, y restera pas grand-chose de la tête, mais je t'avertis, ce gun-là est hot.* J'ai approuvé aussitôt. *Je le sais qu'y est hot, c'est pour ça que je le prends.* Capetaine a précisé sa pensée. *Non, hot dans le sens de risqué. Le morceau a déjà servi sur un gros coup. Si tu te fais pogner avec ça, t'as une charge de plus sur le dos.* Pauvre Capetaine, s'il savait le nombre de charges qui y pesaient, et toutes celles qui s'y ajouteraient encore, même Atlas fait piètre figure à côté de moi. *No stress, Capetaine, je le veux, c'est lui mon bebé !*

Aussitôt, j'ai glissé l'arme sous ma ceinture, profitant du contact métallique sur mes organes génitaux. *Fuck yeah*, j'étais un gangster en bonne et due forme, de la mentalité jusqu'à l'uniforme. L'acier lourd et froid de l'arme se dressait entre le monde et moi. Blotti contre mes testicules reconnaissants, le puissant outil gonflait mon entrejambe. J'imagine que, sur le plan symbolique, c'était significatif aussi. J'ai pris deux boîtes de balles, calibre neuf millimètres, classique, efficace.

Et finalement, les clés du char. Une Fiesta jaune. J'ai rien pu trouver de mieux, mais ça devrait faire l'affaire. Volée à l'aéroport lundi dernier, pas encore signalée. Le propriétaire revient dans trois jours, vous avez le temps de faire vos affaires et de brûler le char... Avec le gun pis les balles, ça fait mille huit, comme convenu.

Got my mind on my money and my money on my mind. Je fredonnais de bonheur. *Quoi ?* Manifestement, Capetaine n'était pas sensibilisé à la culture musicale. *Non rien, c'est une expression de mon milieu. Mille sept cents, et mille huit cents !* J'ai compté l'argent avec des gestes amples, pour mieux l'apprécier avant de l'abandonner au marchand d'armes. *Au fait, t'es fan de Rimbaud ?* Non, comme tout le monde, il ne lisait jamais de poésie. J'ai pris les clés, Capetaine m’a révélé dans quelle rue il avait garé le véhicule, garanti automatique. *Affaire conclue !*

Les bons comptes font les bons amis, et les bons règlements de compte font les bons ennemis. La vie avait des comptes à me rendre. Sur la tête de ma mère, Québec allait en prendre plein la gueule, et par la bouche de mon canon !

9
La réactivité

Femme de tête, Maple me menait aux portes de l'extase. Admirable, il n'y a pas d'autres mots, cette femme maîtrisait des techniques admirables. Généreuse aussi, c'était ma troisième gâterie de la nuit. Sans compter notre baise du début de soirée. On fourrait peu, en fait, elle trouvait que ça ne valait pas la peine de prendre le temps d'enlever ses bobettes pour la durée de ma performance. Pour une femme facile, elle faisait sa difficile.

Malgré ses faveurs répétées, je n'arrivais toujours pas à dormir, maudite insomnie. Maple m'a conseillé de caler une autre bière, mais j'ai refusé. En homme responsable, maître des opérations, je n'allais pas gâcher un moment clé de ma mission en me soûlant la veille.

Y restait pas une grosse gorgée. Maple est revenue s'étendre à mes côtés. *Qu'est-ce qu'on va faire avec ta mère, on va l'emmener icitte ?* J'en étais pas rendu là. Pour être honnête, j'osais à peine rêver de l'instant où elle serait enfin dans mes bras. Pour moi, nul besoin de prévoir l'après, après tout irait de soi. Ma vie toute croche, pleine de pièges, de trous, de déchirures, se rapiècerait, se réparerait d'elle-même avec ma mère dedans. C'était ça, le plan, la retrouver et laisser le destin opérer. *On verra.*

*

Sanchopanza a réagi en premier, son grognement m'a alerté. J'ai enfilé mes shorts, mon t-shirt, empoigné mon gun et réveillé Maple. *Réveille-toi, on sacre notre camp !* Elle a grogné aussi, a frappé le matelas d'un poing fatigué. *What the fuck, je dormais, là, on a dit qu'on prenait le trafic de jour. On est ben plus suspects de nuitte !* L'oreille dressée, j'ignorais ses récriminations et essayais de percevoir ce qui alarmait le chien. Ses grognements se sont faits plus insistants, je l'ai aperçu aux aguets devant la porte. Les cochons s'apprêtaient à la défoncer, le chien en témoignait. *Popom popom popom*, je n'entendais plus que mon cœur sur le point de rompre, ses battements dans mes tempes. Je ne voulais pas mourir, mais je ne pouvais pas me rendre.

Lève-toi, Maple, on part ! Trop tard. *Badang ! Crrash ! Freeze !* La vitre de la chambre a éclaté derrière moi tandis que la porte d'entrée s'effondrait sur Sanchopanza, son couinement de détresse se perdant dans le vacarme. *Police, couche-toi par terre ! Bang !* Un bruit assourdissant accompagnait le gaz lacrymogène envahissant la pièce. Je distinguais à peine les ombres qui pénétraient l'appartement. Ils étaient trois, quatre, cinquante ? Impossible de le savoir. D'abord vers la fenêtre, puis vers le salon, j'ai tiré, tiré, tiré, tiré, tiré, tiré, tiré, tiré, tiré et tiré une dixième balle. Mon chargeur vide, je me suis lancé au sol, entre le mur et le lit, pour recharger. *Maudit tabarnak de câlisse de chiens sales de crisse de charognes de fils de putes, crissez-moé le camp d'icitte !* La voix brisée par le gaz, Maple gueulait à pleins poumons. Elle me redonnait courage au bon moment, j'ai repris le dessus.

On évacue, on évacue, deux hommes touchés, une otage sur place ! Repli, repli ! Une otage ? Excellente idée, ça ! *Grouille-toi, Maple, on s'arrache !* En toussant plus que jamais, elle a protesté, mais s'est enfin levée. *Ahraharaaah... Chus à poil, crisse, m'as pas sortir de même*. Le gun brandi dans la fumée, je l'ai agrippée par le bras : *On bouge !* Une deuxième bombe lacrymogène a éclaté dans la chambre alors qu'on en sortait, j'ai tiré en direction de la fenêtre, deux fois. *Brang ! Brang !* Mes tympans se déchiraient en lambeaux, mes yeux entrouverts au prix d'un effort surhumain pleuraient à chaudes larmes, mais on avançait. À tâtons, j'ai trouvé le tiroir des ustensiles et j'ai saisi un couteau à pain, un gros, avec des dents. *J'vais te mettre ça en dessous de la gorge en sortant*. Ils n'oseraient pas tirer sur une femme aussi nue que désarmée. *Tabarnak, je veux pas crever, fais pas le fou*. Sans savoir ce que j'allais faire, je l'ai assurée du contraire : *Calme-toi, Maple, je sais ce que je fais !*

Le vestibule de l'immeuble était enfumé aussi, mais moins, j'arrivais à voir devant moi, et au sol. Du sang, une longue traînée d'hémoglobine remontait les marches vers la sortie. Je l'ai suivie et me suis retrouvé sur le trottoir, dans les lumières des gyrophares. Quatre voitures disposées en demi-cercle devant moi. Au coin de la rue, une ambulance tournait le coin dans un crissement de pneus. *Lâche ton arme, lâche la femme, t'es cerné !* Maple tenait la lame et ma main sur sa gorge.

Fuir derrière l'immeuble ou les surprendre et foncer dans le tas ? Mourir en les affrontant ou poursuivre ma route, passer ou trépasser ? *Maple, je vais me sauver seul. On se retrouvera un jour.* La voix brisée par l'amour et le dévouement, elle m'a dit oui. *Oui, on va se retrouver. Laisse-moé t'aider, lâche le couteau.* Elle a fait glisser sa main sous la mienne, a saisi le manche et s'est élancée droit devant elle, projetant son corps nu sur les agents nous tenant en joue. Maple a brandi le couteau dans les airs dans un ultime cri : *Cours, ti-gars, cours ! Raaah…* Et j'ai couru.

Bang bang ! Brang ! Comme un sportif commandité, j'ai couru. J'ai couru en tirant devant moi, derrière aussi. *Brang ! Brang !* Et j'ai tiré, et ils ont tiré, et j'ai tiré encore, et ils ont tiré encore. Une brûlure m'a déchiré le mollet, mais je suis resté debout, à peine ralenti. Je souffrirais plus tard, fallait prioriser. J'ai tiré de plus belle, à l'aveugle. Ils ont riposté, mais je n'ai rien senti. Mon heure n'était pas venue, non, pas encore…

Maple avait-elle pris une balle ? Probable. Et cette balle me blessait aussi en blessant ma douce amie. Elle venait de me dévoiler sa véritable nature, c'était un ange déplumé, une humaine dans le sens noble du terme, animal, tout en instinct et en innocence. Ça m'estropiait le cœur de l'imaginer touchée, tuée, mais ça me galvanisait aussi, ça allongeait mes enjambées, me propulsait par-dessus les clôtures que je franchissais, déchirant la plante de mes pieds nus sur le métal des treillis.

On ne tirait plus. Mais les lumières et les sirènes étaient près, trop près. Courir encore, courir pour Maple, courir pour ma mère. Je creusais l'écart. On me poursuivait toujours ou on se consacrait à soigner les blessés ? En avais-je fait assez pour occuper toute la cavalerie ? Je priais pour que ce soit le cas. Et les prières savent récompenser les hommes de bonne volonté.

*

J'étais dans la rue, dans la bonne rue, la rue du char ! Pas de doute, je la reconnaissais, Capetaine nous avait assurés l'avoir laissé ici l'après-midi même. Merde, il l'avait stationné de quel côté ? Je ne pouvais le deviner, mais n'avais plus une seconde à perdre. Le visage de Bébette m'a traversé l'esprit, à gauche ! J'ai repris ma course, malgré mes pieds qui se déchiraient davantage chaque fois qu'ils martelaient l'asphalte. Rien à foutre, fallait trouver la Fiesta, et la Fiesta fut trouvée. Un char jaune, c'est comme une matante soûle dans une foule, c'est ridicule, mais ça se repère vite. *Sainte Bébette, je te rends grâce.*

Au moment où je débarrais la portière et m'engouffrais dans le véhicule, Sanchopanza est apparu sur le trottoir, essoufflé, ses petites brindilles de pattes toutes flageolantes. Survivant de l'attaque, il m'avait suivi, aussi fidèle que Maple. Un autre signe de la providence ; ma mission était divine et Jeanne d'Arc en aurait témoigné. *Embarque, mon chien, t'as mérité ta place !*

Le moteur a ronronné et je m'engageais dans la rue quand deux voitures de police sont apparues en trombe derrière moi, les gyrophares allumés. Elles m'ont dépassé aussitôt. *Vrrrrrrm.* Ne pas paniquer, rouler, sortir du périmètre.

*

J'en étais sorti, je m'en étais sorti ! Presque indemne, une balle m'avait traversé le mollet droit, j'avais la plante des pieds massacrée et un ongle d'orteil arraché. Le tapis de la voiture n'arrivait plus à absorber le sang où mes talons baignaient. Faire un garrot avant de perdre connaissance, vite. Le collier de Sanchopanza ? Trop court. Prendre ma propre ceinture, et tant pis si mes shorts tombaient. J'ai pu me faire un garrot ; je survivrais et mon mollet aussi. Mais fuck de fuck, la douleur devenait insoutenable. Et Sanchopanza qui ne cessait de lécher le sang au fond de la voiture.

Quoique fidèle et providentiel, ce chien était dégueulasse, j'ai dû l'enfermer dans le coffre.

Faire le point s'avérait primordial. Me calmer pour déterminer la stratégie à adopter devenait ma priorité. De toute façon, il restait quelques heures à la nuit et je devais demeurer sur l'île. Sans l'ombre d'un doute, les ponts étaient surveillés de près. Je me faufilerais dans un embouteillage au petit matin.

Dans le coin sombre d'un stationnement mal éclairé, je pouvais me terrer en paix. Par où commencer? *Merde, Maple… Merde de merde de merde de sales cochons de marde!* Je balançais des coups de poing dans le volant. *Maaaaple!* La champlure s'ouvrait de nouveau. Maple s'était sacrifiée pour moi, s'était jetée sur des hommes armés pour permettre ma fuite. Je débordais de gratitude et de honte. J'avais pensé la larguer, l'abandonner le jour même, j'étais passé à deux doigts de le faire. Les humains, c'est comme les chiens: il n'y a que ceux prêts à mourir pour nous qui ont de la valeur.

*

Les gémissements de Sanchopanza m'ont tiré du sommeil. Le soleil était levé à quarante-cinq degrés et le stationnement rempli à moitié. Presque dix heures. Je n'en revenais pas, je m'étais endormi! En arrachant mes pieds poisseux du sang séché, j'ai laissé échapper une plainte virile. *Gnnnnnnh, fuuuuck!* J'étais amoché, je pouvais à peine remuer le pied droit. Tant pis, je tenais à aller au bout de mon plan. Ma décision était prise, plus ferme qu'une collégienne à l'entraînement. Foncer droit devant, sans m'arrêter avant d'être dans les bras de ma maman. Après, tout irait bien.

*

Sanchopanza avait dû pleurer toute la nuit, lui aussi. Extirpé du coffre, il dormait sur le siège du passager, à côté de mon gun. Autour de lui et sur le sol, les vestiges de ma période punk. Je m'étais servi de la lame de rasoir confisquée à Maple pour raser ma tignasse rouge, les cheveux traînaient partout, parmi les épingles qui me servaient de piercing. J'ai réussi à masquer le tatouage qui m'ornait le front en enfilant mes boxers sur ma tête, les pattes attachées en chignon. Ce n'était pas laid du tout, je dirais même que ça donnait du style, un petit côté sikh, exotique. Bon, j'étais conscient des faibles probabilités de lancer une mode à base de bobettes sur le crâne, mais ça me dépannait pour l'instant, m'assurait un minimum d'anonymat sur la route.

Comme prévu, le trafic était lourd, ralenti par mille chantiers plus ou moins occupés et pertinents. Je me suis faufilé entre deux vans, j'ai végété sur le pont, longtemps, puis je me suis engagé sur l'autoroute 40. Le soleil de juin chauffait la Fiesta, quelques nuages me pourchassaient inutilement. Je filais vers la capitale, bardé du juste droit et d'un Sig Sauer neuf millimètres chromé. Je filais, mais je respectais les limites de vitesse à la lettre. Quelle connerie ce serait de me faire coller par un cochon à radar rendu si près du but. Je roulais à cent dix, prudent comme un felquiste transportant un ministre.

*

J'étais encore loin de Québec, mais la radio crachait déjà des insanités. Incroyable, en moins d'une heure, c'était le troisième poste qui parlait de moi, qui mentait sur moi plutôt. On m'accusait d'avoir tendu un guet-apens aux policiers, d'avoir poussé une otage sur eux pour prendre la fuite, certains me traitaient même de tireur fou, de fou furieux. *Tabarnak, je me défendais ! C'est eux autres qui me tiraient dessus !*

Je criais dans la voiture, Sanchopanza gueulait aussi, on ne pouvait pas croire que les médias se laissaient manipuler de la sorte. Seule consolation, Maple était vivante, grièvement blessée, mais vivante. Au contraire de deux policiers, deux honorables agents de la paix, époux modèles et pères attentionnés, morts dans l'exercice de leurs fonctions en tentant de libérer l'otage et d'arrêter le dangereux évadé de Pinel et blablabla ! *Je dormais, calvaire, je dormais tranquille avec ma pute, j'étais dangereux pour personne !* Respirer, me maîtriser au plus vite ; mon mollet recommençait à saigner et je craignais de m'évanouir tant ma pression atteignait des sommets. Le mensonge m'horripile. Je suis un homme tolérant, mais diffuser des faussetés et déformer la réalité, ça ne passe pas.

Changer de poste était inutile, j'étais sur toutes les chaînes. Même celles consacrées à la publicité et aux ballades insipides entrecoupaient leur bouillie nostalgique de bulletins spéciaux. On répétait que j'étais lourdement armé et blessé. Mon signalement suivait, avec des précisions troublantes sur mes tatouages, dont la cible au front. Une chance que j'avais mes sous-vêtements sur la tête !

Y a pas que du bon dans la popularité, avec tous les enquêteurs rêvant de me coincer, mon plan était compromis. Et même après avoir mis la main sur les infos concernant maman, je devrais revenir à Montréal, un retour qui s'annonçait moins mielleux que celui de Charlebois. Du danger plein la route, à l'arrivée, et encore au retour, il me faudrait entraîner ma mère dans ma cavale, me planquer dans les bois avec elle. Et rien ne me garantissait que Maple et Bébette accepteraient de nous rejoindre dans notre campement. Merde, il faisait noir dans mon avenir. Mais comme disait Borges, un aveugle qui aimait lire : *Ce n'est que dans les ténèbres que brille la lumière*… Courage, Padawan !

⁎

Les feux de circulation stagnaient au rouge, interminables. Une Econoline devant et une van derrière, j'étais à l'étroit. J'aurais dû rester sur l'autoroute, mais la faim me dévorait. Je le regrettais, maintenant. C'était une erreur de tout compromettre, à dix minutes de mon objectif, pour un hamburger.

J'en ai commandé quatre finalement, avec des frites et un gros Pepsi. Tant qu'à prendre des risques, qu'ils en vaillent la chandelle. Quand je suis arrivé à la fenêtre du guichet à l'auto, la toutoune m'a regardé d'un air perplexe. Elle me reconnaissait ou mon look l'impressionnait, je n'aurais su dire. Je lui ai arraché le sac des mains, mais je n'ai pas eu le temps de prendre mon breuvage brun. Elle a remarqué l'arme sur le siège du passager, je crois. En tout cas, elle a reculé en couinant : *À l'aide !*

J'ai repris la route en vitesse, m'enfilant les burgers à la chaîne. Trois burgers et une grosse frite sans rien à boire, c'est sec. Sanchopanza ne s'en formalisait pas et grignotait sa boulette avec appétit. J'espérais que maman ne serait pas allergique, je m'y attachais, à mon dogue.

*

Cop killer, donc, comme Ice-T. Et deux fois plutôt qu'une ! Les profs qui me disaient que je n'arriverais jamais à rien faire d'important devaient s'en mordre les doigts. J'étais l'homme le plus recherché du pays, peut-être même du Canada. D'ailleurs, ça devait être pour moi l'hélicoptère au-dessus du pont, et les gyrophares dans le rétroviseur aussi. Merde, oui, ça devait être pour moi ! Avant que le trafic ne se disperse et laisse passer la voiture de patrouille, j'ai enfoncé l'accélérateur et je me suis frayé un chemin en froissant un peu de tôle à gauche et à droite. J'ai pris la première sortie, accentué la distance entre la patrouille et moi, mais l'hélico ne me lâchait pas. Le pied au plancher, je poussais la Fiesta à sa limite, filais comme une balle sur un boulevard bordé d'hôtels.

Moins manœuvrable, mais munie d'un moteur plus puissant, l'autopatrouille est apparue dans mon rétroviseur. Vite, un mouvement stratégique pour occuper la flicaille et me débarrasser de l'hélico. Le tout pour le tout, j'ai donné un coup de volant, foncé dans la chaîne de trottoir. Une embardée violente a soulevé ma voiture de la route. *Patâwwk*, vol plané ! Paul Walker m'aurait applaudi, mais il est mort. *Schrrrrick*, j'ai repris le contrôle du bolide et atterri dans le stationnement d'un grand hôtel. Grand hôtel doté de portes vitrées à ras du sol. *Vrrrrrrrm*, malgré le pneu éclaté, la voiture a rapidement repris de l'élan, suffisamment pour renverser un couple de touristes et aller fracasser la devanture de l'immeuble, m'immobilisant dans le lobby de l'hôtel. Entrée remarquable, remarquée d'ailleurs.

Tout le monde hurlait et courait dans tous les sens, sauf le valet coincé sous ma voiture. Il hurlait, mais ne courait nulle part. Sans m'éterniser davantage, j'ai ramassé mon chien, mon gun et mon courage. J'ai voulu courir, mais ma jambe subissait des décharges électriques à chaque pas. J'ai boité aussi vite que j'ai pu, parvenant au bout du corridor au moment où la voiture de police venait emboutir la mienne. J'ai poussé la porte de la sortie juste à temps. *Bingo !* À quelques pas sur ma droite, un conteneur rouillé mais spacieux. Les dents serrées, longeant le mur, j'ai atteint ma cible, fait coulisser la porte, me suis glissé dans la benne et j'ai refermé derrière moi. Échappé belle, alléluia.

*

Les renforts ont débarqué en force, les sirènes des ambulances se mêlaient à celles des policiers municipaux et celles de la Sûreté, un iota plus aigu. L'hélicoptère passait au-dessus de ma boîte métallique à un rythme régulier. Pendant des heures et des heures. On ne pourrait pas leur reprocher d'avoir ménagé les efforts pour me retrouver.

Par chance, cet hôtel n'avait pas de velléités écologistes et se refusait au compostage. Je baignais dans trois pieds d'un mélange de draps souillés, de boîtes en carton et d'une fricassée innommable, mélange de tous les restants irrécupérables de la semaine. Sans cette providentielle bouillie malodorante, les chiens pisteurs m'auraient sans doute repéré.

En boule sous un drap maculé de sang, ce qui est un peu répugnant j'en conviens, j'ai échappé aux regards inquisiteurs de deux policiers perspicaces. Il y en a même un qui a remué un bâton dans le conteneur, à deux pouces de mon visage. *Tu y étais presque, connard !* Fin stratège, j'avais eu la présence d'esprit de briser le cou de Sanchopanza dès mon entrée dans la benne, il aurait pu attirer l'attention. Mort au combat, pour son maître, le plus noble sacrifice. Son cadavre m'indisposait, alors je l'ai caché dans un coin, sous une pile de pilons de poulet.

Les heures ont défilé, la nuit s'est installée, mais les cochons sont demeurés en poste, aux aguets. Ils ont dû fouiller chaque chambre de l'hôtel, peut-être même celles des établissements autour. Au petit matin, les effectifs se sont réduits, mais trois patrouilles et autant de maîtres-chiens occupaient encore le stationnement en face de ma planque. Aucune issue possible, je passerais la journée là. Il faisait chaud, très chaud dans le conteneur. Mais je n'étais pas à plaindre, j'avais une cachette et de la bouffe en masse. Logé nourri. Vers midi, ma vigilance s'est relâchée, j'ai remonté le drap sous mon menton et je me suis assoupi, emporté par le sommeil du juste.

10
L'abnégation

*

Les policiers se sont mis à quatre pour me sortir du conteneur, après l'avoir défoncé avec une pelle mécanique. Le plus musclé avait réussi à m'arracher mon gun, me brisant les doigts au passage. Mon autre main tâtait le fond de mon refuge sans parvenir à retrouver mon arme. D'un seul élan, les forces de l'ordre m'ont soulevé et projeté sur l'asphalte. J'ai voulu me relever, mais mon mollet était déchiré, inutilisable.

Ils devaient être vingt devant moi, mais je les distinguais mal, des silhouettes floues plantées devant un soleil aveuglant. La première à s'avancer et à me frapper fut Bébette, d'un grand coup de pied dans la mâchoire. *Je t'avais dit de respecter les putes !* Puis Le Sage est venu me marteler le crâne avec une version enluminée des *Fables* de La Fontaine. *Tu m'as laissé mourir, imbécile !* J'appelais à l'aide, mais aucun son ne sortait de ma bouche, la main de Denise me l'écrasait, y enfournait des poignées de céréales, m'étouffait de Cap'n Crunch. *T'as pus rien à dire pour ta défense, tu es reconnu criminellement irresponsable*. Édith est venue m'écraser les couilles avec le talon d'une botte montante en cuir bourgogne, style mousquetaire, qui ne lui allait pas du tout. *Tu vas le payer, fais-moi confiance !* Dans ses bras, un bébé tout nu, joufflu, le corps couvert de tatouages à l'exception de son énorme pénis en érection, me tendait les bras. *Je te retrouverai, papa*. Et tout autour, des dizaines d'animaux : des chats, des phacochères, des tourterelles, un ours polaire et Sanchopanza psalmodiaient *À la claire fontaine*.

Réveillé par un paquet d'egg rolls encore tièdes, balancés directement sur ma tête, j'allais protester lorsque la précarité de ma situation m'est revenue à l'esprit. Merde, j'avais dormi. Longtemps. La nuit était tombée, c'étaient des restes du souper qu'on venait de me jeter à la gueule. J'ai pris une bouchée, savoureuse, et je me suis étiré. Le mollet semblait cicatriser, quoique dans les circonstances, il y avait risque d'infection.

Je déteste les rêves, surtout les cauchemars. Mais c'est révélateur, les rêves, ça indique un certain niveau d'agitation de l'esprit. Et je devais admettre que les derniers jours avaient été lourds de rebondissements. Mais quel sens donner à ce voyage onirique ? Mystère ! Il me faudrait étudier sérieusement la symbolique des rêves, c'est une science fascinante.

*

Il devait être près de minuit maintenant, la lune stagnait au zénith, le boulevard demeurait paisible, le temps était venu. L'arme au poing, je me suis extirpé de la benne. Après un dernier adieu à Sanchopanza, j'ai traversé le stationnement en claudiquant aussi vite que possible. Aucun policier en planque, on me cherchait ailleurs. Avec ma blessure et mes guenilles souillées, je risquais d'attirer l'attention. Je devais me procurer des vêtements propres et un nouveau véhicule au plus sacrant. Sans alerter toute la province, si possible.

Derrière l'interminable rangée d'hôtels, un quartier résidentiel dormait dans les bras de l'épuisement. La fatigue est le lot des petits salariés insignifiants. Accroupi, bondissant d'un terrain à l'autre, je me dissimulais et recherchais la maison idéale, la plus banale, la moins belle. Il est recommandé de voler les pauvres : ils ont moins d'armes, d'alarmes et de ressources. Dans la vie comme au tribunal, s'attaquer aux pauvres garantit une certaine impunité. C'est connu, reconnu et documenté par les greffiers.

J'ai jeté mon dévolu sur un modeste bungalow ayant abandonné sa finition à la brique grise, signe de pauvreté s'il en est. Une seule voiture dans l'entrée, japonaise et anonyme. Avec un peu de chance, j'allais tomber sur un vieux veuf inoffensif, prêt à m'offrir un complet agencé et les clés du véhicule. Prudent, j'ai quand même fait le tour de la baraque, question de m'introduire par-derrière. C'est une convention du milieu, cambrioler par-devant, ça ne fait pas sérieux.

Trop facile, la fenêtre de la chambre était entrouverte. Faut dire que la nuit était chaude et la climatisation est un luxe. J'ai forcé le cadre, le mécanisme a cédé et la fenêtre s'est ouverte. Peinant à traîner mes blessures à l'intérieur, j'ai trébuché et je me suis affalé sur le tapis.

J'ai entendu grommeler, une lampe de chevet s'est allumée et un cri étouffé a retenti, dans la mesure où il était étouffé. *Silence, je veux pas entendre un bruit.* Un jeune couple, début vingtaine, plutôt mignon, s'est blotti au fond du lit. *C'est lui, c'est lui !* J'ai souri, flatté d'être reconnu. *Oui, c'est moi, pas besoin de me présenter, c'est déjà ça de gagné !* La rouquine s'est mise à geindre, agrippée à son homme. *Je veux pas mourir, s'il vous plaît, on a un petit garçon, ne nous tuez pas.* Les pleurnichages de la mère ont réveillé la preuve de ce qu'elle avançait. Dans la chambre adjacente, un attendrissant babil se faisait entendre. *Je suis père moi aussi, je vous comprends. Vous n'avez rien à craindre.*

Peu rassuré, le chum de l'autre m'a supplié de baisser mon arme, il me promettait une entière collaboration sans que j'aie à lui braquer un Sig Sauer chromé sous le nez. Travailleur autonome, je ne reçois de suggestions de personne. *Ta gueule, toi, commence par te lever pis me donner des vêtements. Pas de gestes brusques ou je tire dans le tas !*

Danny possédait une belle garde-robe, pour ses moyens. Et Annie disposait de trois kits en dentelle différents : le rouge, tout d'une pièce, avec un trou à la fourche, me paraissait particulièrement affriolant. Danny et Annie, c'est drôle pareil. Je leur ai fait remarquer que, pour des pauvres, ils avaient au moins une rime riche.

Il m'a proposé une chemise à carreaux, mais le motif ne me plaisait pas. Il avait des chandails à capuchon plutôt stylés, mais ce n'était pas de saison. Finalement, j'ai opté pour un t-shirt du Hard Rock café de Barcelone. Je n'y suis jamais allé, mais c'est cool quand même. Question pantalon, un vieux cargo ample à l'entrejambe, et pour compléter le tout, une paire d'espadrilles deux tailles trop grandes. Je n'aurais qu'à bourrer les bouts avec du papier journal quand viendrait le temps de partir.

C'est le journal d'aujourd'hui ? Il l'a confirmé et m'a montré la une. *La Bête à Québec !* En grosses lettres rouges, encore. Et la vieille photo, et des nouvelles prises par les caméras de surveillance d'une station-service, et des portraits-robots avec et sans cible dans le front. Ça m'a rappelé que je pouvais retirer les bobettes enfilées sur ma tête, je les avais oubliées. *Trouve-moi une casquette, Danny !*

J'étais intronisé au rang des immortels. En plus de la une, quatre pages retraçaient mon parcours, avec de petits tableaux pour souligner les dates importantes de ma vie, la teneur de mes crimes, d'autres pour expliquer où la loi avait cafouillé, et encore un pour mettre en lumière les témoignages de Jamal et de Marcel.

⁎

Le pâté chinois maison, y a rien de tel. Bien meilleur que les egg rolls et autres restes constituant mon alimentation depuis deux jours. J'essayais d'exprimer ma gratitude à Annie, mais elle n'arrêtait pas de pleurnicher. Les femmes, faut toujours qu'elles en fassent des tonnes. Plus tempéré, Danny berçait leur poupon, trois semaines à peine. *Il s'appelle comment, l'enfant ? William-Alexis*. Futile illusion, un prénom d'aristocrate ne suffira pas à le tirer de la fange. *Ah, OK, c'est beau… Je reprendrais encore un peu de pâté, Annie, s'il te plaît.*

Je beurrais mon pain brun, bon quand même, avec mon nouveau couteau de combat ; un couteau à steak prêt à combattre. Mon gun restait à portée de main, mais je faisais de plus en plus confiance à mon petit couple. On était bien ensemble. Annie jouait son rôle de mégère effarouchée, mais les larmes ne coulaient plus, ne restait que la bande audio, des larmes de crocodile fatigué. Et elle me donnait de grosses portions de pâté chinois, elle ne devait pas m'en vouloir tant que ça. J'avais seulement brisé une fenêtre, après tout. Et le bébé m'avait souri entre deux tétées. C'était agréable d'être en famille.

Derrière tous les stores et les rideaux fermés, la lumière du jour commençait à poindre. J'aurais pu partir maintenant, mais la chaleur humaine me retenait. Et pour soigner mes blessures, Annie m'avait enduit le mollet et les pieds de Polysporin. Fallait laisser le temps à l'antiseptique d'agir, c'était plus prudent d'attendre encore quelques heures. *Avez-vous des séries policières ?*

*

La deuxième saison se terminait en queue de poisson. Franchement, ils exagéraient à Hollywood, aucun tueur en série ne se laisserait prendre par une enquêteuse handicapée, aussi intuitive soit-elle. Nouvelle réalité du marché, les réalisateurs doivent atteindre leurs quotas de femmes ethniques et estropiées pour éviter d'avoir les organismes de défense de droits sur le dos. On allait entamer la troisième saison quand Danny m'a supplié de le laisser dormir, il n'en pouvait plus. J'ai bu une gorgée de sa dernière bière avant de vérifier l'heure. Presque minuit. On se gavait de séries, de chips et de petits plats maison depuis le matin. *C'était une belle journée !*

Annie s'est remise à jouer la Madeleine dès l'annonce de mon plan nocturne, l'opération « Dodo en famille ». Ils n'avaient rien à craindre pourtant, pas de quoi se tordre les glandes lacrymales ainsi. Pour garantir ma sécurité et cicatriser en paix, je devais m'assurer de leur docilité. Malgré les liens d'amitié tissés durant notre journée cinéma, peut-être alerteraient-ils les policiers dès que j'aurais les yeux fermés. Sait-on jamais, pour la gloire ou une récompense, ils pourraient être tentés de me trahir. Surtout qu'ils possédaient un seul téléviseur de quarante pouces ; c'est pas encore la grosse misère, mais c'est périphérique. On devrait donc dormir ensemble, attachés par les poignets, avec le bébé contre moi, pour plus de douceur et de sécurité.

*

Annie a mal dormi. Peu à l'aise d'allaiter son bébé au lit, face à un homme armé qui dormait en cuillère avec son amoureux. Il n'a pas fermé l'œil non plus. Ça m'étonnait, leur lit est d'un grand confort et je me suis reposé comme un prince, à peine importuné par les réveils de William-Alexis. Une fois détachés, on s'est fait un conseil de famille dans la cuisine. On a déjeuné d'œufs et de rôties, avec des petits fruits coupés comme au restaurant, à ma demande. Tandis que la maîtresse de maison m'enduisait les pieds et le mollet de pommade réparatrice, fort efficace d'ailleurs, je leur ai exposé la partie de mon stratagème les concernant.

Privilégiant des valeurs familiales, mon plan était destiné à leur plaire. Je m'attendais à ce qu'ils approuvent et m'encouragent à procéder. Mais la réaction obtenue lorsque je leur ai annoncé que je devrais les attacher et les bâillonner n'allait pas en ce sens. Je vous laisse deviner qui s'est remise à brailler. Même Danny protestait, inquiet que des impondérables m'empêchent de contacter les secours et de les faire libérer, plaidant qu'il fallait donner des soins au poupon. Je l'ai rassuré aussitôt, il ne m'arriverait rien de fâcheux et j'attacherais le bébé la face contre le sein de sa mère. Résignés, ils ont suivi mon conseil et avalé un deuxième déjeuner. Leur journée serait longue. J'ai repris des œufs brouillés aussi, pour les accompagner.

*

C'est avec un pincement au cœur que j'ai laissé mes nouveaux amis, dénudés, bâillonnés et ligotés à la table de leur cuisine. Je leur ai promis de donner des nouvelles dès que je serais installé avec maman, on les inviterait à la maison. Sur un dernier sourire, j'ai refermé et verrouillé derrière moi.

La voiture de Danny m'allait aussi bien que ses vêtements. Elle se conduisait comme un charme. Avec l'itinéraire imprimé le matin même, à l'insu de mes hôtes, je serais au Laboratoire national de médecine légale en moins de dix minutes, sauf complications, mais Dieu sait comme ma vie est compliquée. Je pilotais en mode furtif, m'arrêtais aux feux jaunes, respectueux des dangereux cyclistes et autres piétons téméraires. Et je me suis abstenu d'utiliser le téléphone cellulaire emprunté à Annie. J'incarnais le modèle de conduite par excellence.

*

Arrivé à destination, mon appréhension a fait place à l'étonnement, puis à la déception. Dans mon pire scénario, la flicaille avait deviné mes intentions et déployé tout un arsenal devant ce laboratoire, prête à me canarder à vue et à faire l'impossible pour m'empêcher d'obtenir les indispensables informations. Dans le meilleur des cas, le laboratoire serait protégé seulement par les gardiens habituels, deux colosses armés de fusils automatiques ou de mitraillettes, au moins. Dans tous les synopsis envisagés, j'avais une bataille à livrer, des agents à tuer, un risque de mourir héroïquement aussi.

Mais non, le fameux laboratoire était laissé à lui-même, simple bâtisse en béton, isolée, excentrée, de deux étages seulement, à peine identifiée. En bordure de l'autoroute en plus, tout pour favoriser ma fuite. Et aucun garde armé à l'extérieur. C'était n'importe quoi, le gouvernement devrait protéger nos données personnelles avec plus de sérieux, ce sont des informations sensibles.

Personne ne déplorerait de fusillade aujourd'hui. Je me consolais à la pensée que c'était un signe, un autre ; j'étais sur la bonne voie, mon objectif devait demeurer les retrouvailles avec maman plutôt que mousser ma célébrité grandissante. Je croyais encore que l'amour dominerait la mort…

Faisant preuve d'un sens de l'adaptation remarquable, j'ai rangé mon gun et mes intentions belliqueuses. Je me suis trouvé un coin isolé, à l'ombre d'un érable ou autre conifère dont j'ignore le nom, et j'ai entrepris de jouer la carte de la patience. Une douzaine de voitures occupaient le stationnement, tout autant de risques d'alarmer la police ou de voir mes plans contrecarrés. Midi approchait déjà à grands pas, je n'avais qu'à attendre la fin de la journée et investir les lieux juste avant la fermeture. Avec un peu de chance, je pourrais même quitter la capitale avec toutes les informations dont j'avais besoin, sans ajouter de cadavres à mon palmarès ou de cochons à mes trousses. Je n'avais qu'à rester planqué dans l'ombre, patienter et rester calme.

Tu vas crever, enfant de chienne ! Tu vas crever de mes propres mains ! Je devenais émotif, ce n'était pas digne de moi. Mais après quelques heures à faire le guet en écoutant la radio locale, j'étais infecté. C'est malsain de baigner trop longtemps dans les discours haineux et la publicité. À la fin de la journée, j'avais juste envie d'engueuler un gauchiste, me soûler au Dagobert et dévorer une poutine chez Ashton.

Quand le moron du retour à la maison est tombé sur mon cas, le vase saturé de la colère a reçu la goutte de trop. Ça me débordait. J'étais prêt à reconnaître ma part de torts, assumer certains dérapages, un peu de violence excessive, personne n'est parfait. Même Verlaine était un enculé, au sens propre, entre autres. Mais de là à me taper dessus comme si j'étais responsable des pires atrocités, non !

Du haut de ses grands airs, le décrocheur autoproclamé libre-penseur a énuméré mes faits d'armes avec condescendance. Il a ensuite versé dans la politique et salué les motions de l'opposition, celle qui exigeait la démission du ministre de la Justice et l'autre qui réclamait le prélèvement systématique de l'ADN de tous les prévenus accusés de crimes violents, condamnés ou pas, non responsables ou mal défendus. Jusque-là, ça passait encore, ses sparages ridicules me divertissaient, mais quand il s'est mis à réclamer la peine de mort pour les débiles dangereux et impénitents de mon espèce, c'en fut trop.

Je sais, il ne faut pas encourager ce genre d'énergumène, néanmoins j'avais besoin de répliquer, j'étais dans une période vulnérable de ma vie. Je le regrette, c'était une mauvaise idée, mais ça n'enlève rien à mon génie. Ça arrive aux meilleurs de se laisser emporter par l'émotion ; y a pas seulement des bonnes idées qui ont traversé la tête d'Hemingway, du plomb aussi. Et j'avais le sang chaud comme lui ce jour-là.

La recherchiste n'en revenait pas d'avoir une célébrité au bout du fil. *C'est bien vous, sans farce ?* J'ai dû lui répéter mon nom une demi-douzaine de fois. Frétillante, elle s'est empressée de me mettre en ondes avec l'animateur. Juste au ton de sa voix, j'ai tout de suite compris qu'il préférerait faire grimper ses cotes d'écoute plutôt que de m'accueillir dans mon irritation légitime, ma souffrance personnelle et mes facteurs atténuants. *Je suis pas un expert psychiatre comme ceux qui vous défendent au tribunal, je suis juste un citoyen avec une opinion, mais au nombre de meurtres à votre actif, je pense que la société a le devoir de se protéger. C'est le gros bon sens, entre moi et vous…*

Ça se dit pas, entre moi et vous, c'est entre vous et moi qu'il faut dire. Pis j'en ai rien à crisser de votre opinion de citoyen, si vous étiez à ma place, vous auriez fait ben pire. Je suis pas un monstre, moi, je suis un humain, et les humains peuvent guérir ! Silence radio. J'ai évité de donner le crédit de la citation, question de ne pas gonfler davantage la tête enflée de la psychiatre italienne. *Eh bien, moi et une part importante de mes auditeurs, on croit que la société aurait avantage à vous voir mourir plutôt que de se ruiner à essayer de vous guérir !*

C'est à cet instant que je l'ai échappé, que les mots ont rejoint ma pensée et que je l'ai menacé de mort lente, en direct. J'ai aussi promis de torturer ses auditeurs et de les décérébrer pour valider l'hypothèse de l'évidente porosité de leur matière grise. Lorsque j'ai aperçu mon visage cramoisi dans le rétroviseur couvert de postillons, j'ai compris que je m'emportais. Je me suis engagé à faire exploser sa station et je lui ai souhaité bonne journée. *Bonne journée !*

Une erreur monumentale, du calibre des criminels débutants et autres tueurs amateurs. J'avais pris un énorme risque pour rien, cet animateur était moins menaçant qu'un coup de pied de cul-de-jatte. Je n'étais pas fier de moi, contrairement à la fiotte radiophonique répétant sans cesse qu'il venait de s'entretenir avec l'homme le plus recherché d'Amérique du Nord. Il avait réussi à me localiser dans la région de Québec, et sa station, toujours soucieuse du bien-être des contribuables et du monde ordinaire, allait collaborer avec les forces de l'ordre dans l'espoir de favoriser mon arrestation. Et mon exécution, qui ne saurait tarder, d'ailleurs… J'ai éteint la radio.

Et merde ! Sur le plancher de la voiture, je me suis dépêché de détruire le téléphone cellulaire à grands coups de couteau. Rien de pire qu'un de ces appareils pour être géolocalisé. Et je devrais abandonner l'automobile ; avec son numéro de téléphone en main, la flicaille allait trouver Annie, identifier le véhicule dans lequel je me déplaçais. Vraiment, cet imbécile d'animateur en avait fait un de moi aussi.

Mon plan était chamboulé, je devais accélérer la cadence et espérer sortir de Québec avant que tous les hélicoptères de la province ne survolent la capitale. J'aurais préféré qu'il ne demeure qu'un seul véhicule dans le stationnement, mais les trois restant étaient moins inquiétants que la douzaine du matin.

Rebelle jusque dans les moindres détails, j'ai fait redémarrer la voiture pour aller me stationner dans l'espace réservé aux handicapés, de biais à la porte d'entrée. Judicieuse initiative de ma part, l'agent de sécurité planqué à l'intérieur est venu me rejoindre dehors, il s'est penché à ma fenêtre. *Bonjour, monsieur, vous avez rendez-vous ?* Dégainant mon Sig Sauer et mon sens de la répartie du même élan, je lui ai répondu : *Oui, j'ai rendez-vous avec mon destin !*

*

La réceptionniste était perplexe, regardait le gardien revenir en se demandant qui était le joli jeune homme derrière lui. De son poste de travail, elle a déverrouillé la porte électronique. *Ça va, Pierrot ?* D'une habile jambette, j'ai fait trébucher le Pierrot en question pour mieux mettre en joue la secrétaire. *C'est un hold-up !* Drôle de réflexe. *Non, c'est pas un hold-up dans le sens de, mais c'est le même principe. Aaah, lève tes mains en l'air pis viens nous rejoindre !* Pendant que la secrétaire s'exécutait, j'ai désarmé le gardien. Rien pour impressionner un régiment de cadets, son équipement se limitait à une courte matraque et une bonbonne de poivre de Cayenne. J'ai empoché le tout, en plus de son téléphone cellulaire. Ça pourrait servir.

Privé de menottes, j'ai dû attacher le petit personnel avec des rallonges électriques, dos à dos. Sans lésiner sur la tâche, je les ai ficelés de partout, avec quatre câbles différents. Je devais pouvoir opérer en paix. Tout au long de la manœuvre, le téléphone sonnait. Décidément, quand elle n'était pas occupée à se faire séquestrer, la réceptionniste ne devait pas chômer. Dommage qu'elle ait été vieille et dodue d'ailleurs, ça aurait pu être excitant de l'attacher.

Aussi surpris que moi, un laborantin est apparu au bas de l'escalier. Je me suis rué sur lui et lui ai placé le canon de mon arme dans le front. *Quoi de neuf, docteur ?* Il a échappé son flegme et ses dossiers sur le sol. *Rien, rien de neuf.* Ah, le con, il me répondait. *Je m'en fous de ta vie, connard, je veux toutes les informations sur Marie-Madeleine Fontaine, ça presse !* Dans un sabir mêlé de bégaiement et de pleurnichage, il est parvenu à m'expliquer que tous les dossiers étaient informatisés, qu'il devait se rendre à son poste de travail à l'étage. Docile, il répondait à toutes mes questions :

oui il était seul avec mes deux saucissonnés, non il ne me ferait pas de coup de cochon, oui le dossier devrait contenir l'adresse de ma mère. *Avance, on y va !* Avant de monter, j'ai prévenu les subalternes que je tuerais ce gentil docteur s'ils tentaient quoi que ce soit pour se libérer ou appeler les secours.

*

Ça y était, je possédais enfin l'adresse de maman. Mon cocon familial se situait au 1339, rue Ontario Est, appartement trois, à Montréal. Sur la rue Ontario ! Quel coup du sort, j'avais dû passer devant cette adresse des dizaines de fois. Il m'aura fallu risquer ma vie, tuer du monde, semer la police, peaufiner mille ruses et m'aventurer jusqu'à Québec pour retourner sur la rue Ontario et conclure ma quête. Je me serais cru dans un roman d'aventures à la sauce spirituelle, sur le point de tirer une grande leçon de vie porteuse de sens et d'espérance. *Laissez-moi vivre…*

Ferme ta gueule, toi, c'est moi qui décide ! Je n'en revenais pas, aucun explosif, combustible ni accélérateur d'incendie disponible dans toute la bâtisse. Merde, j'étais impatient de retourner en ville, mais je devais faire sauter la place, brûler les pistes. Mes trois cocos sonneraient l'alarme dès que je mettrais le pied dehors. Je n'arrivais pas à réfléchir avec mon acuité habituelle. Comment gagner assez de temps pour rentrer à Montréal avant qu'on découvre mon passage ici, qu'on réalise que j'avais mes infos et l'intention de reconstituer ma famille ?

J'ai envisagé de les assassiner tous les trois, mais ils n'avaient pas d'armes et ça nuirait à ma réputation. Peut-être qu'ils avaient des enfants, des familles aussi, je ne pouvais me permettre de semer trop d'orphelins sur ma route, question de sensibilité personnelle. Pas le choix, ils devaient me suivre dans ma cavale. *Lève ton cul, doc, on redescend !*

C'est qui, ce connard ? Je le tenais en joue, prêt à lui éclater la tête d'une balle de neuf millimètres. Il détachait mes otages, le con. Le moustachu s'est allongé au sol de lui-même. *Non, non, tirez pas, je vous en supplie !* La réceptionniste m'a répondu. *C'est le concierge, il vient tous les soirs à la fermeture, il ne pouvait pas savoir…*

*

J'ai tiré et tiré et tiré et tiré encore. Je savais qu'au bout de quelques heures on signalerait la disparition de ces employés. La flicaille viendrait sur place et verrait quels fichiers avaient été consultés, alors j'ai fusillé le serveur principal de leur système informatique. Ça me faisait peut-être gagner une heure ou deux. Et ça ferait chier des fonctionnaires.

Le laborantin possédait une magnifique fourgonnette de l'année, parfaite pour les voyages de groupes. J'y ai entassé mes otages avant de découvrir l'irritant suprême : une transmission manuelle ! Tant pis, à l'instar des proxénètes à succès et autres notables des chambres de commerce, je me ferais conduire. Je me suis installé sur la banquette du fond, aux côtés de Monique, la plus instable, houspilleuse et susceptible de causer des problèmes. Avec mon gun dans le flanc, elle saurait se tenir.

Pas de connerie, pas de cadavre. On va tous se rendre à Montréal ensemble et je vous libérerai en temps et lieu. Le trajet s'annonçait long, j'ai entamé un jeu de devinettes, mais ils étaient nuls, même le docteur. Une autre preuve que les hautes études ça s'achète et ça ne vaut rien.

⁂

Ma magnanimité m'a été salutaire. Comme un tapis rouge, l'autoroute s'est déroulée devant nous alors que, tout au long du chemin, des hommes seuls occupaient l'accotement, leurs véhicules interceptés et fouillés par des poulets. Je n'en avais jamais vu autant. Il y avait plus de volaille sur la 40 que dans une usine d'Olymel. On a même traversé un barrage, à la hauteur de Repentigny. Embouteillage monstre, plus de trois heures d'attente. Avec mon Sig Sauer enfoncé dans les côtes de la secrétaire et ma feuille de route en tête, notre chauffeur n'aurait jamais osé dévoiler mon identité. Mais j'ai eu chaud, j'avoue.

Le flic s'est penché, a jeté un œil dans le véhicule, n'a pas exigé que je relève ma casquette, il a demandé au doc où on allait. *Un congrès sur l'identification criminelle, mon-si-eur l'a-gent !* Il articulait un peu trop à mon goût, mais l'agent en question, manifestement irrité d'avoir à gérer le trafic, lui a ordonné de circuler. *Avance, doc !*

Droit devant, les tours de Montréal se dressaient, immenses bites d'amarrage où ramener mon *Titanic* à bon port, sain et sauf. Sauf Sanchopanza, condamné à demeurer à Québec à tout jamais, sacrifice nécessaire. Aux abords de la ville, j'ai respiré son air vicié à pleins poumons, je me suis imprégné de ses effluves de bord de fleuve, de vices et de raffineries, heureux de la retrouver. Au bon endroit au bon moment, je revenais achever ma mission. Je rentrais à la maison.

11
La furtivité

⁎

Caillou était estomaqué de me voir la face, surtout que ma face venait avec une délégation de quatre otages fraîchement exfiltrés de la capitale. *Salut Caillou ! J'ai du cash pour toi !* Avant que ne lui prenne l'envie de me balancer son crâne dans les dents, j'ai brandi une grosse liasse de billets verts, cinq cents piastres en petites coupures. Il nous a fait signe d'entrer. *Money talks* et les hommes écoutent.

On peut tout faire avec de l'argent, y compris se torcher ou mettre le feu. Pour moi, ce n'était plus qu'un moyen d'atteindre mes fins, au plus vite. À Montréal, tu peux avoir tout ce que tu veux si tu parles la bonne langue et disposes d'une palette de billets verts. Même si tu es de la minorité francophone, avec assez de liquidités, tu peux te faire comprendre. Alors on avait fait un arrêt au guichet automatique pour retirer le maximum possible dans chacun des comptes de mes compagnons de route. Un joli pactole, près de trois mille dollars. Le concierge a été épargné, il ne lui restait que treize dollars dans son compte épargne, le pauvre ! Et on ne peut rien retirer en dessous de vingt, de toute façon.

Du bout de mon Sig Sauer, j'ai fait asseoir mes otages par terre, sur le vieux tapis gris du salon, aux côtés de trois crackheads au repos. J'ai mis l'argent dans les mains de Caillou. *Je m'excuse, man, je savais pas t'étais qui…* Quelle surprise, le dealer versait dans le repentir. Tel est le pouvoir de la popularité et de l'argent ; avec un peu des deux, même les anciens ennemis jurés sont prêts à vous manger la raie avec appétit. *L'important, c'est que tu suives mes indications. Win-win, tu gardes le cash et je gagne du temps !* Son sourire était moins franc qu'une déclaration fiscale de concessionnaire, mais j'aurais sa collaboration, et pour l'instant c'était tout ce qui comptait. *J'ai besoin d'une heure, juste une heure. Tu surveilles mes otages et les laisses partir après, OK ?* Qui ne dit mot consent, Caillou était d'accord.

Je me suis accroupi devant mes prisonniers, devenus mes amis avec le temps et tout ce stress vécu ensemble ; c'est un genre de syndrome psychologique popularisé à Stockholm, en Europe. *Vous voyez que je ne voulais pas vous tuer. Écoutez Caillou, il est gentil, et n'essayez pas de partir avant le temps sinon il vous tue, deal ?* Je leur ai fait chacun un câlin et j'ai donné des bisous à Monique, avec la promesse que tout allait bien se passer, ce qui ne l'empêchait pas de trembler, vulnérable feuille soumise au vent de la panique. Elle m'attendrissait. Si elle n'avait pas été si laide, je l'aurais trouvée mignonne.

Caillou m'a promis qu'il embrasserait Bébette de ma part et lui remettrait mon poème. C'était un haïku d'une dizaine de vers où je l'invitais à faire la révolution sexuelle sans pancarte ; romantique, drôle et érotique, elle le ferait sûrement encadrer en souvenir de nous. Et quand je la retrouverais à son tour, je le lui chuchoterais dans le creux de l'oreille et elle tomberait amoureuse à chaque ligne, puis on aurait du bon sexe et ensuite elle irait me cuisiner un steak en jarretelles.

Trêve de rêverie. J'ai sniffé un long trait de cocaïne sur le coin du comptoir et me suis gobé deux speeds pour maintenir mon acuité cérébrale et l'adrénaline nécessaire à la dernière partie de l'opération intitulée « Opération Dernière partie ».

C'est de la bonne, merci Caillou ! Plus de temps à perdre, je dois confronter mon destin. Il a accepté de me serrer dans ses bras, en toute virilité. J'ai dévalé l'escalier et j'ai couru vers la rue Ontario.

⁎

Je sentais l'étau se resserrer. Déjà, à mon retour sur l'île, la radio annonçait la libération de deux otages et d'un bébé tout en signalant la disparition de quatre employés du laboratoire médico-légal... *Ce meurtrier en cavale surnommé « la Bête » serait le principal suspect.* Perspicace, conasse ! Mais je croyais pouvoir arriver à reconstruire ma famille avant d'être révolvérisé par la police ou empoisonné par les services secrets. Tout était encore possible, même le bonheur.

Les poulets ne pouvaient pas savoir si j'étais de retour dans la métropole ou toujours dans la capitale. Pourtant, les rues de Montréal grouillaient déjà de polices en patrouille, en vélo, à pied. Je devais déployer toutes mes connaissances en matière d'art ninja, d'approches furtives et d'autres techniques de commando. À mon avantage, je m'étais bien familiarisé avec le quartier et pouvais passer par les stationnements, les cours et les ruelles.

J'aurais dû me rendre directement chez maman, mais je suis un homme de principes, et je n'y peux rien. À quoi sert de réaliser sa destinée si on y parvient sans panache ? En toute amitié, je devais aider Maple à mon tour. Son coin de rue accueillait bien une pute, mais Maple n'y était pas. C'est Cookie qui occupait la place, cette vieille chatte à péage hystérique, complètement déphasée depuis son traumatisme crânien ; une voiture l'avait percutée alors qu'elle sortait d'un bar vietnamien où Jean Leloup l'aurait baisée vers la fin du dernier millénaire. Elle racontait cette histoire sans arrêt, c'était son moment de gloire.

Pssst, Cookie, pssst, par ici, viens ! Chancelante, elle s'est approchée et m'a rejoint dans l'ombre d'un immeuble en rénovation. *Ah ben, crisse, bebé, t'es revenu en ville !* Elle allait nous faire remarquer, la pute. *Chhhut, Cookie, déconne pas !* On s'est glissés sous un échafaudage pour mieux parlementer.

As-tu du cash, bebé ? J'ai jamais pompé un tueur de flic avant, ça m'excite ! Ça l'excitait pas pantoute, je connaissais sa rengaine. Mais sa consommation de poudre la forçait à s'offrir à tout un chacun. C'était une femme fascinée par les arômes de la cocaïne. À force de la sentir, elle en sniffait quelques grammes par jour. C'est une curiosité coûteuse, la cocaïne. *J'ai du cash pour toi, Cookie, tu vas pouvoir te poudrer en masse, mais tu dois m'aider avant. Maple est où ?*

Mon bebé, est en dedans, la belle Maple. Pour longtemps à part ça. Déjà qu'était en probation, ils l'ont accusée d'agression armée sur un cochon. Ça pardonne pas. Est dans grosse marde à cause de toé, bebé ! Déchiré entre l'envie de coller mon poing dans le crâne traumatisé de Cookie et celle de m'apitoyer sur le sort de mon amie, j'ai gardé mon calme. *C'est elle qui a décidé de les attaquer, on est tous responsables de nos choix, tu devrais lire Malraux, des fois !* La vieille pute n'avait cure de la grande littérature et m'a demandé ce que je voulais, pourquoi je l'empêchais de travailler. *Qu'est-ce tu veux, bebé ?*

J'ai exhibé la palette de billets, son visage s'est illuminé, puis j'ai sorti mon gun et ça l'a nuancé. *Y a mille six cents piasses là-dedans.* Dans son iris, je pouvais voir s'ériger un Kilimandjaro de cocaïne. *Wow, bebé, tu fais du gros cash.* Je commettais une erreur, assurément, mais quand on est loyal comme moi, on doit demeurer cohérent. *C'est de l'argent pour Maple. Pour l'aider à payer son avocat. Tu lui recommanderas maître Dupuis, il est bon, c'est un juif.* Cookie a fait la moue, déçue de constater que l'argent ne lui était pas destiné. C'était une moue de façade, j'entendais les mécanismes de son esprit retors, elle avait déjà prévu me voler. *Écoute, Cookie, je vais ajouter deux cents dollars pour toi. Et si tu remets bien l'argent à Maple ou à l'avocat, je vais te faire parvenir encore cinq cents dollars d'ici une semaine, OK ?*

Oh. OK, bebé ! Toute souriante, elle m'a arraché la liasse des mains. Je lui ai aussitôt placé le canon du gun sous le menton. *Mais si tu déconnes, Cookie, je vais revenir t'éclater la tête une fois pour toutes.* Personne n'aime se faire menacer. Elle m'a giflé du revers de sa main pleine de bagues. *T'as pas juste des bébittes dans le string, t'en as plein dans tête !* Elle a glissé l'argent dans sa sacoche avant de me faire ses adieux. *Je vais le faire pour Maple, pas pour toé, je t'ai toujours haï !* Cookie réagissait avec excès, fidèle à sa réputation. *Pourquoi tu m'appelles bebé, d'abord ?... Parce que t'es plein de marde !*

Je ne l'ai pas pris personnel. Pour avoir tant de mouches dans la tête, elle devait avoir un animal mort dans le cœur. J'avais fait ce que j'avais à faire, et si Cookie ne mourait pas de surdose durant la nuit, Maple aurait l'argent et le clin d'œil d'un véritable ami. Mais ça, aucun média ne serait là pour le documenter.

*

Impossible d'en douter, c'était l'immeuble de ma mère, et on craignait que je m'y rende. Deux voitures de patrouille en avant, une derrière et encore deux banalisées de chaque côté. Même si je possède plus de talent pour l'improvisation que Miles Davis, je me demandais comment j'allais pouvoir percer une brèche. Surtout que le temps filait ; dès la confirmation de mon retour en ville, on renforcerait les effectifs.

Un repérage sommaire m'a fait remarquer la proximité du triplex voisin. Du toit, je pourrais situer l'appartement de maman et choisir la meilleure approche. Accroupi, je me suis glissé derrière la masse de briques fatiguées. M'accrochant aux rambardes chambranlantes des balcons, me hissant de toutes mes forces, sans m'occuper des élancements dans mon mollet meurtri, j'ai escaladé le triplex et me suis retrouvé sur le toit. Le point d'observation idéal.

Idéal au point où il donnait carrément sur le logis de maman. J'ai rampé jusqu'à l'arrière de l'immeuble, jouxtant le derrière du triplex convoité, cul à cul. Et au troisième étage dudit triplex, un jeune poulet montait la garde devant la porte vitrée de ma mère, occupé à texter des mots doux à sa maîtresse, ou à son amant, ou à un parrain de la mafia estonienne pour qui il exécutait des contrats à l'occasion. Qui sait ?

On n'avait pas évacué ma mère, cloîtrée loin de moi comme je le craignais, seulement sécurisée sur place. Attachée à sa routine, maman avait dû refuser d'être expatriée de son appartement. Ou par principe tout aussi noble, elle refusait systématiquement d'obéir aux cochons. Dans tous les cas, j'étais fier d'elle.

Tout en émoi, j'ai vu passer une ombre devant une fenêtre. Mon cœur s'est emballé comme un cadeau de Noël. Il a palpité de plus belle quand la fenêtre givrée de la salle de bain s'est éclairée ; maman était aux toilettes ! Juste là, devant moi, à vingt mètres et quelques pieds, c'était ma maman à moi qui faisait ses besoins !

Trois étages plus bas, deux agents en civil discutaient sur le trottoir. Avec celui posté à la porte de la demeure familiale, ça me faisait trois agents à neutraliser, et je n'avais même pas de silencieux. Heureusement que les amphétamines stimulaient mes synapses, toutes les options me sont passées par la tête et je me suis arrêté sur la bonne. *Lorsque la voie du destin paraît bloquée, il faut frapper dans le tas, et frapper fort*, dixit Gandhi, un avocat indien spécialisé dans les citations sur Internet.

*

Redescendre était encore plus périlleux que monter. Les rampes menaçaient de céder, je risquais de m'écrouler au sol et d'attirer l'attention, ou de mourir avant mon heure… Arrivé au sol, j'ai boité à toute vitesse, je me suis rendu deux rues plus loin, où le périmètre de sécurité se relâchait, et j'ai attendu une longue minute, puis deux.

Un sympathique couple d'adolescents disparates est apparu, un Blanc avec une Noire. Il n'était pas si moche, le caucasien, il aurait pu se permettre de piger dans sa caste. De toute façon, ils avaient le bon profil, les jeunes ont toujours des téléphones avec eux, c'est tout ce dont j'avais besoin. Dès qu'ils sont arrivés à la hauteur de l'abribus d'où je guettais, j'ai planté mon couteau dans l'épaule du garçon. À peine, j'ai dû enfoncer ma lame de deux pouces au maximum, mais elle est restée figée dans la chair. Décidément ! Le garçon geignait, mais pas assez fort. Et l'Africaine était pétrifiée, d'aucune utilité. *Vite, appelez la police !*

L'immigrante s'est mise à hurler, enfin. Elle a inspiré son homme, qui s'y est mis lui aussi. Des citoyens allaient s'arrêter et contacter les secours, on est membres d'une société civilisée, tout de même. Avec leurs cris de terreur en arrière-fond, j'ai trotté de plus belle et je me suis planqué derrière une voiture, le long de l'immeuble escaladé plus tôt. Juste à temps. Ça devait résonner sur toutes les fréquences radio du coin. Les deux poulets occupant le trottoir ont gueulé un ordre à leur collègue posté chez maman avant de sauter dans leur véhicule pour rejoindre l'action, deux rues plus loin.

J'ai traversé aussitôt. Dans le bruit des sirènes et l'effervescence s'emparant du quartier, le bleu ne m'a pas entendu monter les marches. Quand il a relevé les yeux de son téléphone, c'était pour observer le canon de mon gun braqué sous son nez. *Pas de geste brusque, enculé, j'ai pas peur d'en faire usage !* Il était bien placé pour le savoir.

J'ai pris son arme, moins puissante que la mienne, et je lui ai menotté les poignets dans le dos. Il tremblait plus qu'un vibrateur, le vaillant agent de l'ordre, mais il se permettait de me menacer. *Tu fais une grosse erreur, tu t'en tireras pas !* J'ai appuyé mon gun contre sa trachée. *Peut-être que je m'en tirerai pas, mais je peux te tirer, toi, par contre. Ça fait que ferme ta gueule, négro !* Il était plutôt hispanique, mais négro ça sonnait mieux. Je l'ai fait se retourner face à la porte de ma maman, et j'ai cogné.

Derrière cette porte, j'allais trouver la mort, et ma mère. Dans le désordre.

Ma mère d'abord, qui a ouvert au policier. J'ai poussé l'agent à l'intérieur, je l'ai fait coucher au sol et j'ai verrouillé derrière nous. Après tous ces efforts, ces cadavres et ces larmes, j'y étais enfin. J'étais chez maman, avec maman, en famille. J'avais réussi. Je n'en avais jamais douté, mais je n'arrivais pas à y croire.

*

J'ai levé le regard, comme on soulève une tonne de briques avec des bras brisés. Je ne parvenais plus à respirer, ma poitrine comprimait tout ce que j'avais de cœur, mais je remontais malgré tout. Ses pieds nus sur le linoléum usé, sa robe élimée, bleue, sobre, les épaules dénudées, maigres, où tombait une chevelure libre, rousse et grise.

Je devais me rendre à son visage, lui présenter le mien, regarder dans les yeux de cette femme, cette mère qui me manquait tant, depuis si longtemps. Je craignais de m'évanouir, de suer mes dernières forces, mais j'ai mobilisé tout ce qui me restait d'effort surhumain en stock et j'ai aligné mes yeux dans les siens.

C'était elle, bel et bien elle, belle et vieille. Je l'aurais juré sur sa tête : c'était ma mère ! Plus de vingt ans qu'on ne s'était pas vus, mais l'évidence me parcourait l'échine en longs frissons. À quelques rides près, c'était la maman qu'on m'avait enlevée deux décennies plus tôt, comme si c'était hier. Une larme est venue dévaler ma joue.

Et j'étais reconnu, enfin. *Tu m'as retrouvée, David.*

12
L'opportunisme

*

Si le rêve est parfois trop beau pour être vrai, le réel n'est jamais trop laid pour être faux. Je me suis jeté dans les bras de maman, mais elle les a refermés avant. Ne s'est pas laissé prendre. Ne s'est pas laissé embrasser. M'a laissé me fendre, me casser, m'émietter devant elle. Je cherchais son regard mais ne trouvais que ses yeux. Rien pour moi. Elle m'a arraché le sourire de la face. *Mais, maman...*

Je suis pas ta mère, je suis la mère de personne. J'ai fait de mon mieux, mais ça pouvait pas être pire. Regarde ce que t'es devenu, une âme errant dans les ténèbres, un pécheur. Oh mon Dieu, j'en peux plus d'entendre parler de toi, t'es mon chemin de croix, ma croix trop lourde à porter ! J'ai remarqué une demi-douzaine de crucifix dans le salon et une bible annotée sur la table, ça expliquait l'emploi soutenu du champ lexical à caractère chrétien.

Mais je t'aime, maman ! Elle a serré les poings et a postillonné mon arrêt de mort. *Comment veux-tu que je t'aime, moi, t'es un assassin, un violeur, un pécheur de la pire espèce. Dieu t'a abandonné !* Une décharge dans le cœur, dans la tête et dans le mollet, une lance rouillée enfoncée dans mes plaies. J'ai chancelé, je suis tombé, j'ai mis un genou par terre. *Et toi aussi, maman, tu m'abandonnes…*

⁎

Sans même tendre une main, maman m'a laissé sur le tapis et s'est mise à réciter le *Notre Père*. Sonné, je me suis relevé avec peine. Le cochon latino a tenté d'en faire autant, mais entravé par les menottes, il s'est affaissé sur le carrelage. Malgré l'humiliation de sa chute, il a ricané, m'a dévisagé en hochant la tête. *Je t'avais prévenu, p'tit con ! BRÂNG !* L'impact de la balle lui a arraché la moitié du crâne, l'envoyant se répandre en tous sens, jusqu'à dix pieds du corps. Maman et moi, on a reçu des fragments dans le visage, dans les yeux.

Je lui avais ordonné de fermer sa gueule, je l'avais averti. Les policiers doivent obéir aux ordres comme tout le monde. Il n'avait qu'à assumer, maintenant.

Maman a sursauté, mais n'a pas changé de disque. *Assassin ! Vas-y, tue-moi aussi, c'est tout ce que tu connais, la violence, le mal, tu es le mal incarné !* J'ai levé l'arme, et même si c'était plus fort que moi, je n'ai pas tiré. Derrière le voile de larmes et de sang qui embrouillait mon regard, je voyais sa silhouette s'agiter, elle brandissait les poings vers moi et m'insultait. *Pharisien, sodomite, je te déteste !*

Dans l'hiver de nos retrouvailles, la van de la réalité a percuté le chevreuil de mes illusions. La froidure de ma mère sonnait trop familière. Des fragments de souvenirs venaient me lacérer le cœur avec la violence des claques qu'elle me donnait, de cette main qui ne me cajolait jamais, ne préparait pas mes repas, ne me peignait pas, ne me caressait pas, ne se posait pas sur mon front quand j'étais malade, ne me consolait pas, n'essuyait jamais mes joues quand elles se trempaient. En pleine face, d'un coup, sans déni ni mensonge possible, la vérité me frappait avec élan. Maman ne m'avait jamais aimé, et c'était garant de l'avenir.

*

Le point de non-retour, ce n'est pas celui de l'impact. C'est l'instant où tu prends conscience que ton impulsion est trop grande pour éviter de te crasher dans le mur vers lequel tu t'es élancé. Le point de non-retour, c'est le choix entre ralentir et te blesser bêtement ou foncer et partir en mille éclats. Comme un missile, un terroriste ou Gilles Villeneuve. Irrémédiablement.

Je ne te connais pas, mon fils, je me tourne vers Jésus. Et elle m'a tourné le dos.

*

Du sang giclait dans mes yeux et ma bouche, des touffes de cheveux restaient collées à la crosse de mon arme, mais je ne pleurais plus. Je la frappais encore et encore, plaçais le canon contre son front, mais je ne pouvais tirer, alors je la cognais, la mettais en joue de nouveau, j'enfonçais le gun dans sa gorge, mais je ne pouvais me résoudre à tirer, je tapais de plus belle, car elle ne m'arrêtait pas, ne me flattait pas le dos comme Bébette, ne me comprenait pas comme Le Sage, ne me caressait pas la nuque comme Maple, ne me faisait pas confiance comme Édith, ne me consolait pas comme Denise, elle ne faisait rien, rien que gémir de moins en moins.

*

La main de Dieu a saisi mon arme. Peut-être que j'étais épuisé aussi, ou juste blessé à un point tel que je n'arrivais plus à me battre, ni à battre ma mère. J'ai arrêté. Des bulles de sang entraient et sortaient de sa narine. Elle vivait encore, mais pas moi. C'était assez. Je ne voulais plus donner la mort à personne, je préférais me l'offrir à moi-même.

Maman râlait. Elle est parvenue à ouvrir un œil insupportable, vagissant : *Pourquoi, mon fils ?* J'avais trop mal, mon vide intérieur se remplissait de mes larmes et de son sang, je m'y noyais. Je mourais trop pour vivre davantage. Je l'ai laissée sur le sol de sa cuisine. J'allais me suicider. Voilà bien tout ce qu'elle m'aurait appris, suicider ses problèmes.

Ivre de détresse, j'ai titubé jusqu'aux toilettes. Laissant maman à son agonie et ses crucifix, je me suis enfermé dans la pièce minuscule et j'ai éclaté, enfin. *Noooooooon ! Non, non, noooon !* Ce cri n'était pas thérapeutique du tout, contrairement à ce que le doc Mailloux aurait prétendu. Je subissais tout à coup le poids de cette chape de honte que je traînais depuis mille mauvais choix. Une violente fatigue me poignardait l'âme, l'idée qui flottait dans mon crâne se dilatait, devenait douleur palpitante, grandissante, prenait toute la place, relevait de l'urgence. Je devais mourir.

Je tremblais, frissonnais, braillais et parvenais à fouiller la salle de bain avec peine. *Mamaaaaan, pourquoi tu nous as fait çaaaa ?* C'est toujours avec nos cordes sensibles qu'on finit par se pendre. J'ai trouvé et avalé tous les comprimés disponibles, je les ai gobés à la poignée. J'ai mâché et dégluti sa pharmacie au complet.

Assis sur le bord du bain, j'ai pris mon gun, celui du policier aussi, et je les ai placés sur chacune de mes tempes. Il était temps de partir. Les médicaments me brouillaient déjà les sens, engourdissaient mon corps. Je pouvais entendre les râles de ma mère, les bulles de sang qu'elle produisait à chaque respiration. Elle était pétée, ma bulle à moi. Ne restait plus qu'à m'éclater la tête.

*

BRÂNG ! BRÂNG ! Je tirais, mais le cœur n'y était plus. Compte tenu du vacarme produit par son irruption, les fenêtres et les portes défoncées, les grenades assourdissantes et la quantité industrielle de gaz utilisé, j'ai su que l'escouade tactique débarquait. On déployait la cavalerie pour chasser la Bête. Question de respect pour ma réputation, j'ai un peu répliqué, tiré quelques balles.

BRÂNG ! J'ai tiré une ultime décharge vers la porte, en légitime défense. *Fuck the police !* Ils ont surenchéri, j'ai pris une balle dans le mollet, encore ! Le même en plus, ça ne s'invente pas. Mais j'étais déjà engourdi, un pied dans l'au-delà. La médication de maman m'emportait loin de la misère humaine, loin des turpitudes des mortels. Mes mains étaient froides, paralysées. Mon bel allié germanique est tombé au sol, et le gun du cochon défiguré aussi. Abattu, j'ai glissé sur le carrelage. À genoux dans le destin, j'ai pris une seconde balle, dans la clavicule. *Bang !* Anesthésié, je ne sentais plus rien, mais c'était quand même une douleur insoutenable. J'ai hurlé le premier mot du monde, une dernière fois, avant de m'effondrer : *Mamaaaaan !*

Une lueur blanche me guidait vers la noirceur. J'y parvenais enfin, au repos du guerrier, à l'éternel sommeil du juste. L'escouade tactique a défoncé la porte au moment précis où la faucheuse me prenait sous son aile. Je leur échappais encore une fois, la mort m'aura prise avant eux.

13

La célébrité

La mort est un état d'esprit; l'esprit revenu à l'état d'âme libre, les ténèbres s'éclaircissent, s'illuminent d'un coup. Rassuré, j'ai compris que je fais partie d'un tout, qu'une part de tout ce qui existe m'habite et vice versa. Aucun jugement possible. N'en déplaise aux évangélistes patentés et autres intégristes, la mort est miséricordieuse. Rien de grave, l'existence humaine est un soupir cosmique, une sympathique insignifiance. De l'autre côté, même la pensée s'étiole, comme un Ficello. C'est apaisant, parfois, un peu d'inconscience.

Le film de ma vie a défilé derrière mes paupières closes. Attendri, je me suis revu enfant, en train de m'amuser avec personne. Tous les logements, les centres d'accueil et les prisons où j'ai traîné mon anxiété défilaient, toutes les écoles où j'échouais, où j'ai échoué, repassaient sur la toile de ma biographie. Et les animaux que j'ai aimés, les femmes que j'ai touchées, les drogues qui m'ont consolé, les armes qui m'ont édifié, tous les détails de mon existence tournaient en boucle comme la bande-annonce d'un long métrage prometteur. Et je rappais la bande sonore moi-même, avec des Africaines en surpoids et paillettes qui fredonnaient des harmonies derrière. Un gros beat pour une grande destinée. L'allégresse.

Un ange m'a pris par la main, m'a fait traverser l'écran. Aveuglé, je ne pouvais plus rien distinguer, mais je me sentais attiré, aspiré dans un tunnel étroit et transcendant, comme un vagin spirituel. J'allais rencontrer mon créateur, faire face à l'animal nommé Dieu. J'étais prêt, serein, en paix.

*

J'ai vu la lumière. Mais c'était la lampe de poche d'un infirmier. Il a balancé le faisceau lumineux d'un œil à l'autre en prenant mon pouls de sa main libre. *Ton état est stable, le médecin va passer te voir bientôt.*

Je suis vivant ? L'infirmier à l'identité sexuelle forcément confuse a pouffé de rire, nerveusement. *Ben oui, la clavicule, c'est pas un organe vital, le mollet non plus…*

J'ai raté mon suicide, ou la vie me réussit, c'est selon. Même l'escouade tactique n'a pu parvenir à m'abattre. Ça en dit long sur la dureté de ma couenne. Miraculé malheureux, je me retrouvais à l'hôpital, menotté et sanglé à une civière. Retour à la case départ, quelques illusions, une clavicule et un mollet en moins.

Trois policiers dans ma chambre et encore deux pour faire le guet devant la porte. Heureusement que les droits de l'homme sont de mon bord, ils auraient pu se laisser tenter par les représailles. Comme tous les gangs armés de la planète, les policiers sont solidaires de leurs cadavres. La vendetta est un noble instinct, mais dans un hôpital, avec les témoins et le respect des droits des criminels, ils avaient les mains aussi liées que moi, mes cinq poulets.

Je pratique l'humilité, mais c'était valorisant quand même. À l'instar des grands seigneurs d'autrefois, on reconnaît la valeur d'un criminel à la quantité de petit personnel qu'il parvient à mobiliser. Par contre, les contentions m'enlevaient toute possibilité d'évasion. Dans mon état, valait mieux me reposer, reprendre des forces, et manger de délicieuses compotes de fruits servies en portions individuelles. Je ne les aurais pas partagées, de toute façon.

*

Le médecin affirmait qu'il est impossible de mourir en absorbant vingt aspirines, du millepertuis et des laxatifs, il doutait même que j'aie réellement perdu connaissance, le con ! La mort est une expérience personnelle, c'est comme l'amour, en moins permanent.

J'étais mort, connard ! Vous n'y connaissez rien !

Personne ne l'aurait admis, mais tout le personnel de l'hôpital voulait me voir. Même la gynécologue devait se chercher une excuse. Ça circulait dans ma chambre sans discontinuer. Un mélange d'admiration et de curiosité morbide, je présume. On voulait voir la Bête.

Comme tous les génies, criminels ou non, je polarisais l'opinion. Je voyais défiler autant de visages fascinés que de faciès hostiles. C'est ainsi, ce qui nous dépasse nous élève ou nous écrase.

Après quelques secondes à me scruter, ils en venaient presque tous à une réflexion méprisable, sinon méprisante. *Je l'imaginais plus costaud... Y a pas l'air si méchant que ça... C'est lui qui sent bizarre de même ?* Les mines déçues ne me décourageaient guère ; la monstruosité, c'est comme la beauté, c'est à l'intérieur que ça compte. Blessé, séquestré, menotté à une civière, j'étais moins impressionnant que debout, fier et armé, évidemment, mais qu'ils me détachent deux minutes que je leur enfonce leurs rires narquois au fond de la gorge, les sales enculés de charognes de fonctionnaires débiles et soumis !

*

Je suis calme, plus zen qu'un lama. Je présume que défoncer la tête de maman relevait de la catharsis, enclenchait un mécanisme thérapeutique. J'aurai tout essayé. La balle est dans son camp plutôt que dans ma tête. Au moins, elle sait que je l'aime et suis prêt à renouer. J'ai voulu prendre de ses nouvelles, d'ailleurs. Le journal m'a appris qu'elle se rétablissait dans un hôpital voisin du mien. Pour des raisons qui m'échappent, on m'interdisait d'entrer en contact avec elle, même par téléphone. Tant pis pour moi, et pour elle surtout, je voulais m'excuser et je lui avais écrit un poème en acrostiche, avec son nom.

Ce n'est que partie remise, j'aurai d'autres occasions de la contacter, par avocats interposés s'il le faut. Malgré l'intensité de notre plus récent drame familial, personne n'est mort. À part un policier, mais dans un contexte professionnel, ils sont payés en conséquence, ça ne compte pas.

Je ne veux pas minimiser mes gestes non plus. J'ai presque tué ma maman, et je suis décédé un peu. On était au seuil de la tragédie.

Comme la plupart des suicidaires et des gens qui tentent de se suicider, je ne me suiciderai pas finalement. Pas de honte à y avoir. C'est un projet très personnel, le suicide, ça ne regarde personne. J'assassine qui je veux, moi y compris, sans avoir de comptes à rendre. Je suis un homme libre.

*

D'ici une semaine ou deux, le temps de me ressouder la clavicule et de me solidifier le mollet doublement éprouvé, on va me retourner à Pinel. En attendant d'établir s'il y a matière à me ramener devant les tribunaux. Étais-je criminellement responsable, cette fois ? Mon juif de juriste continue de me considérer comme l'être le plus irresponsable du monde, ça regarde bien. Le descendant Rothschild n'en revient pas de tout le travail que je lui apporte. Même avec le salaire de misère versé par l'aide juridique, j'ai dû lui permettre de payer l'hypothèque de trois synagogues en plus d'une dizaine de voyages en Israël, pas de doute là-dessus.

Quoi qu'il en soit, du pénitencier ou de Pinel, je dois me faire à l'idée que je ne serai jamais libéré et toujours surveillé à outrance. Question de dangerosité et de crédibilité du système. J'ai tué un peu trop de monde, ma face a abusivement paru dans les journaux et la moitié d'un ministère a dû démissionner dans la foulée.

Accroché à ses références culinaires hébraïques, mon avocat affirme que je serai à tout jamais une « patate chaude ». Distrait, j'écoutais son boniment d'une oreille, en savourant ma cinquième compote de la journée.

Un citoyen normal, aussi inoffensif qu'insignifiant, aurait paniqué à l'idée de voir toutes ses possibilités de liberté s'effondrer sur lui, mais philosophe dans l'âme, j'en riais. Je n'avais plus rien à faire dehors. J'ai trippé en masse, je me suis construit une solide renommée, j'ai profité de l'amitié de Maple et de l'amour de Bébette. Par-dessus tout, même si les retrouvailles ont été moins joyeuses que prévu, j'ai retrouvé ma mère. Mon fils aura de quoi être fier de son père, un exemple de détermination, célèbre et célébré. D'en dedans, je les aimerai tous encore mieux, et vice versa, les absents sont toujours plus faciles à aimer.

Avec ma tête à Papineau, je trouverai de quoi m'occuper derrière les murs. J'envisage d'écrire des romans, on dit que j'ai une plume exceptionnelle. Je pourrais aussi vendre des peintures, comme Charles Manson, moins prolifique que moi, mais populaire aussi. Néanmoins, avec mon expérience de la rue et mes trois petits cochons abattus, je crois que c'est dans le gangsta-rap que j'ai le plus d'avenir. Reste à convaincre Dr. Dre ou Dan Desnoyers d'investir en moi et de faire construire un studio professionnel à Pinel. Pourquoi pas, l'Accueil Bonneau a bien les moyens de se payer une chorale.

Au-dessus de l'épaule d'un policier revanchard refusant de me masser les pieds, pourtant endoloris, le ciel s'empourprait. Par ma fenêtre grillagée, la métropole se découpait sur fond de crépuscule. Elle allait dormir tranquille ce soir, la ville. J'imaginais le générique de mon aventure se lever sur ce soleil couchant. Mais c'était oublier ma propension à glisser de puissants rebondissements dans l'épilogue.

Épilogue

*

Only God can judge me, et au jugement dernier, il ne me jugera même pas ! Dieu n'est qu'amour et pardon, c'est pratique. Mon expérience d'homme revenu d'entre les morts a labouré ma spiritualité en jachère. J'ai décidé de croire en Jésus, les saints, les archanges et leurs diverses déclinaisons. C'est un choix réfléchi, stratégique, qui deviendra peut-être une forme de foi en cours de route. L'appétit vient en mangeant et ça compte aussi pour les hosties.

Les chants liturgiques mettent de l'ambiance à Pinel. Nous sommes quelques dévots accompagnés de psychopathes laïques à psalmodier notre gospel tous les dimanches matin. Un coin prière nous a été aménagé à grands frais, juste à côté du racoin des musulmans. Notre chorale torche leur duo à plate couture. Simon n'est plus seul à choisir Dieu et ses personnages secondaires. Pinel s'évangélise à vue d'œil.

*

Après neuf mois de réflexion, maman a décidé de renouer nos liens. Suffisait de quelques coups de poing dans le visage et de l'envoi de poèmes à saveur christique pour lui rendre la raison, finalement. Les femmes ont toujours besoin de se faire désirer, et les mères sont des femmes comme les autres. Être ravagées par les accouchements et la monoparentalité n'enlève rien à leur coquetterie.

Ma croisade aura touché ma mère par la chrétienté. Tant mieux, c'était la principale motivation de ma conversion. Maintenant, on doit faire infuser toutes nos conversations familiales dans le jus de religion, mais il y a conversation, c'est déjà mieux que rien. Si son amour pour moi doit passer par Jésus, que le Christ nous lubrifie !

Je la vois une fois par mois, sous supervision lourdement sécurisée, observation psychiatrique et menottes aux poings. Ce n'est pas grave, elle a le droit de me flatter les mains. On aime ça, se flatter les mains, maman et moi.

Elle apprend de grands bouts de la Bible par cœur et me les récite comme des berceuses. C'est un livre plein d'amour, de meurtres, de viols, de guerres, de torture, de terrorisme et de cataclysmes, la Bible. Avec des péripéties incroyables, des monstres et de la magie, c'est génial. Ils devraient en faire un film ou une série. Ça s'est écrit sur plusieurs siècles, avec une multitude de collaborateurs, d'auteurs professionnels, la crème de l'époque. C'est travaillé, documenté, tout est là. Je suis l'homme d'un seul livre désormais.

J'ai tout ce qu'il me faut : un toit, trois repas par jour, de l'excellente drogue subventionnée et une famille unie. Tout le reste est un luxe inabordable pour un être aussi sensible que moi.

Je suis reconnu. Ma mère m'aime. Je n'aurai plus besoin d'assassiner, ni d'écrire. Jamais.

J'ai survécu au destin et vaincu la mort, ne me reste qu'à tuer le temps.

Remerciements

*

Merci à vous, mes inestimables premiers lecteurs : Magalie Aristole, Fred Pellerin, Isabelle Tremblay, Kim Thúy, Réjean Goudreault, Dominique Goudreault, Manu Militari, Josée Beaudoin, Francine Ruel, Gabrielle Tuloup, Grand Corps Malade, Daniel Coulombe, Kathleen Paquette, Michaëlle Goudreault, Suzanne Arseneault, Andrée-Anne Veillette, Patrick Jalbert, Simon Lévesque, Simon Sauvé, Raphaël Émond-Girard, Olivier Brousseau, Stéphanie Blanchette, Marie-Claude Lépine, Billy Robinson, Guillaume Fortin, Mélanie Noël, Myriam St-Denis Lisée, Suzie Hamel, Patricia Lamy, Marie Pigeon Labrecque, Michel Blondeau, Hannibal Lecteur, Marianne Auclair, Charles Vincent et toute l'équipe du dictionnaire *Usito*.

Marie-Eve Gélinas, merci pour cette belle histoire d'amour littéraire. Dans mes rêves les plus fous, je ne fantasmais pas une meilleure éditrice.

Axel Pérez de León, merci d'avoir habillé mes romans d'un art pictural digne des plus grands artistes latinos.

Toute l'équipe du Groupe Librex, merci d'avoir insufflé la vie à la Bête. Je vous en suis reconnaissant. Préservez votre bel élan passionné, c'est rare et lumineux.

Merci aux lecteurs dotés d'un esprit assez ouvert pour y faire entrer la Bête ; aux lectrices assez perspicaces pour savourer les deuxième et troisième degrés de sens ; aux libraires assez honnêtes pour proposer des livres différents et dérangeants. Vous faites vivre et progresser la littérature québécoise.

La Bête, mon frère, ma muse, mon inadmissible personnage, tu vas me manquer. Merci pour ces trois beaux délires. C'est documenté…

Table des matières

Prologue 11

1. L'optimisme 13
2. La piété 37
3. La subtilité 51
4. La charité 69
5. La pondération 85
6. La retenue 105
7. La polyvalence 121
8. La vaillance 141
9. La réactivité 169
10. L'abnégation 183
11. La furtivité 203
12. L'opportunisme 215
13. La célébrité 221

Épilogue 229
Remerciements 233

D'AUTRES ROMANS… AUTREMENT

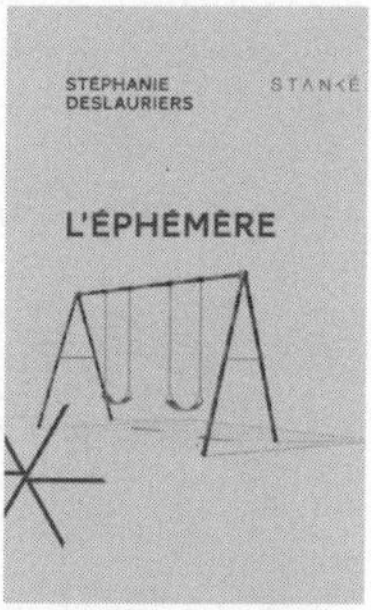

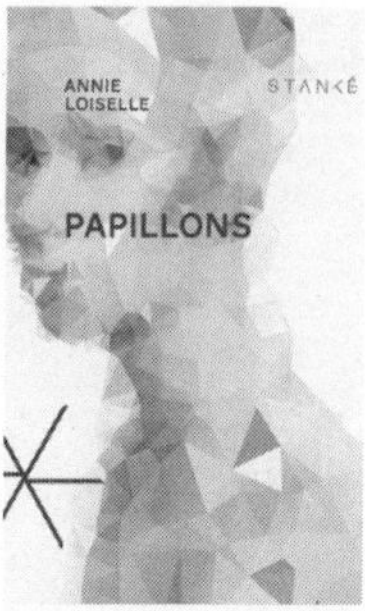

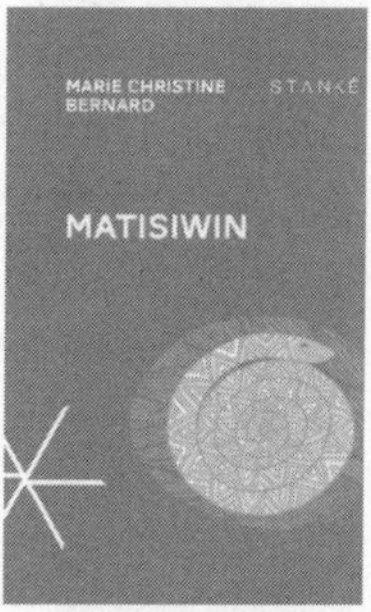

DAVID
GOUDREAULT
STANKÉ
LA
BÊTE
ET SA
CAGE

JOCELYN
LANOUETTE
STANKÉ
CLOCHARD

JOSEPH
ELFASSI
STANKÉ
LE PRIX
DE LA
CHOSE

SEVRYNA
LUPIEN
STANKÉ
JE NE SUIS
PAS DE CEUX
QUI ONT
UN GRAND
GÉNIE

MATTHIEU SIMARD
STANKÉ
ÇA SENT
LA COUPE
NOUVELLE ÉDITION AUGMENTÉE
PRÉFACE DE
LOUIS-JOSÉ HOUDE

davidgoudreault.org

Suivez David Goudreault
sur facebook.com/Goudro
davidgoudreault.org
twitter.com/DavidGoudro
et restez à l'affût des titres à paraître
chez Stanké en suivant le Groupe Librex :
facebook.com/groupelibrex

edstanke.com
romansstanke.ca

Cet ouvrage a été composé en Fournier 12,5/14 et achevé d'imprimer
en janvier 2018 sur les presses de Marquis Imprimeur, Québec, Canada.

certifié
procédé sans chlore
100 % post-consommation
archives permanentes
énergie biogaz

Imprimé sur du papier 100 % postconsommation, traité sans
chlore, accrédité Éco-Logo et fait à partir de biogaz.